A VOLTA

Da mesma autora de:

O Peregrino da Eternidade
O Portal do Tempo
Fronteiras da Alma
O Segredo da Lua
Dicionário de Alquimia

Yedda Pereira dos Santos

A VOLTA

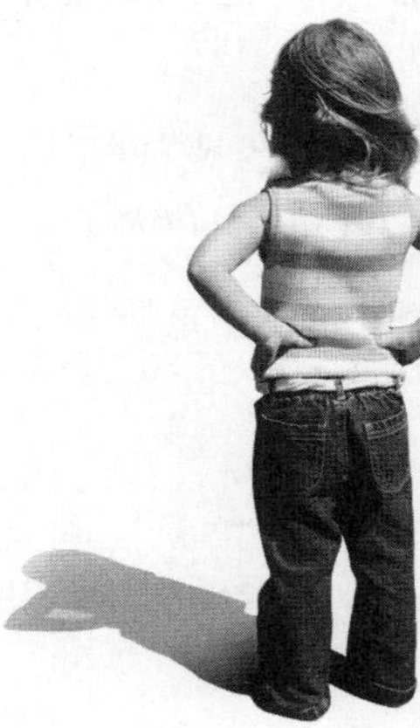

LACHÂTRE

Direitos de publicação cedidos pelo autor ao
Instituto Lachâtre
Caixa Postal 164 – CEP 12914-970
Bragança Paulista – SP
Telefone: 11 4063-5354
Site: www.lachatre.org.br
E-mail: editora@lachatre.org.br

Projeto gráfico da capa: Fernando Luiz Fabris

1ª Edição – Outubro de 2012

2ª reimpressão do 3.001º ao 6.000º exemplar

Impresso no Brasil

Presita en Brazilo

CIP-Brasil. Catalogação na fonte

S237p Santos, Yedda Pereira, 1934-

A Volta / Yedda Pereira dos Santos – 1ª ed. – Bragança Paulista, SP : Instituto Lachâtre, 2012.

240 p.

ISBN 978-85-65518-66-6

1.Reencarnação. 2. Infância. 3.Espiritismo. 4.Literatura brasileira. 5.Romance brasileiro. I.Título.

CDD 133.93 CDU 133.9

869.3 869.0(81)

Em pleno Sábado de Aleluia, o som alegre de festa se elevava por todos os cantos do jardim do dr. Otávio Borges, anunciando as comemorações do quarto aniversário de sua filha Aninha. Uma algazarra incrível promovida pelos pequenos convidados, a maioria coleguinhas do Jardim Escola, que corriam irrequietos e gulosos, buscando antecipar os prazeres da Páscoa, à cata dos ninhos cheios de ovos de chocolate que um matreiro coelhinho havia escondido nas moitas dos canteiros. Misterioso animal a confundir a petizada, com suas mil pegadinhas deixadas a esmo pelas alamedas, fazendo com que aqueles projetos de detetives se trombassem o tempo todo, no afã de chegar primeiro aos secretos esconderijos, encontrando o maior número possível das tão apetitosas guloseimas.

Mas uma coisa se tornava flagrante em meio a toda aquela balbúrdia, a dona da festa parecia não participar da alegria geral. Aninha mostrava-se arredia, como se tudo aquilo a assustasse e, por todo o tempo, só era vista pelos cantos ou agarrando-se à saia da mãe.

Quando chegou a hora do tradicional "Parabéns pra você", não foi tarefa fácil transferir de local o centro da festa. As crianças estavam relutantes por deixar os folguedos ao ar livre, onde as cabriolas dos palhaços se misturavam à disponibilidade do atendimento gratuito, nos carrinhos de pipoca e algodão-doce, e foram conduzidas, a custo, para o interior da mansão. A identificação, porém, foi imediata, em razão de toda decoração interior estar compondo um cenário familiar, repleto de ídolos do mundo infantil. E, com sua volubilidade habitual, o pessoalzinho miúdo diversificou seu interesse. Enquanto uns pulavam ansiosos, para pegar os amarrados de bolas de gás que pendiam das paredes, outros se postavam ao redor da farta mesa, onde bandejas e mais bandejas de docinhos contornavam um apetitoso bolo cor de rosa, artisticamente confeccionado em forma de castelo.

Bandejas de salgadinhos fumegantes, trazidas pelos empregados, que se revezavam ininterruptamente, faziam a delícia dos acompanhantes adultos, naquela tarde de alegre comemoração.

Otávio, o pai, rodava de um lado para o outro, alheio aos atropelos, dando vazão a seu *hobby* preferido: com a câmera na mão, colhia os melhores flagrantes da festa, buscando perpetuá-los, para que a filha pudesse reviver momentos importantes de sua vida, quando tivesse maior discernimento. Era seu hábito, desde que Aninha nascera, registrar os acontecimentos que julgava devessem ser gravados para futuras reminiscências.

Mas Aninha não parecia feliz e nem a curiosidade costumeira, que lhe impulsionava sempre, na ânsia de tomar conhecimento das coisas que a rodeavam, parecia estimular suas atitudes. Leda tentava animar a filha, sem entender uma tal mudança de comportamento, justamente em um dia tão especial. Não se conformava em ver a menina se portando daquela forma arredia, como se quisesse fugir ao contato das outras crianças, esquivando-se dos jogos, não querendo participar das brincadeiras e até, numa atitude completamente desconcertante, abrindo os presentes, mais pela insistência da mãe que pelo próprio desejo de conhecer o conteúdo dos pacotes.

Por toda a tarde, a garota manteve o mesmo estado de espírito, esquiva, desconfiada, sempre encolhida, parecendo mais querer se esconder que participar dos folguedos.

Um pouco preocupada, e ao mesmo tempo tentando uma justificativa, diante dos convidados, Leda conversou com alguns pais e mães presentes à reunião sobre a reação esquisita da filha, diante da festa. Mas todos procuraram tranquiliza-la, falando sobre a inconstância das crianças e a incógnita do comportamento infantil, contando vários casos idênticos, em meio aos quais pelo menos a intranquilidade de Leda se dissolveu.

Comum ou não ao comportamento infantil, não deixava de ser decepcionante, para ela, saber que tinha organizado com tanto carinho toda aquela festa para agradar a filha e constatar que não estava conseguindo atingir os seus objetivos.

À noite, após a saída dos últimos convidados, já com a rotina da casa tendo recuperado seu ritmo costumeiro, pela eficiência dos empregados, a família voltou a assumir seus hábitos.

Estavam os três sentados na sala, gozando o merecido descanso, quando Leda, percebendo que Aninha tinha reassumido sua postura habitual, falante e bem humorada, entendeu que não podia perder tal oportunidade para ministrar uma lição de boas maneiras à filha, e aproveitou para criticar seu comportamento esquivo, adotado durante toda tarde, em visível desatenção aos seus convidados.

- Por que, logo hoje, você esteve tão emburrada, Aninha? Seus coleguinhas todos aqui, e você, em vez de dar atenção a eles, só de cara feia, se escondendo pelos cantos... Foi um modo muito mal educado, o seu. Quando a gente convida alguém para vir à casa da gente, é para receber com carinho, simpatia, deixando claro ao convidado que estamos contentes com a presença dele.

- Eu estava com medo - respondeu a menina, curvando a cabeça.

- Medo?... Medo de que? - interveio Otávio, estranhando o inusitado da resposta.

- Daquele homem que me matou, da outra vez... - disse a menina, juntando os bracinhos junto ao peito e encolhendo o pescoço, numa visível e incompreensível atitude de insegurança.

A repercussão da resposta inesperada foi de pasmo. Antes de qualquer comentário, os pais se entreolharam de forma assustada, até que Leda, recobrando-se primeiro, repreendeu com rispidez:

- Que bobagem é essa, Ana? De onde você tirou semelhante disparate? Estou falando sério, e lá vem você com uma história maluca, sem pé e nem cabeça. Acho que anda assistindo demais à televisão. Preciso fiscalizar melhor os programas que você anda vendo.

- Espere, Leda - aconselhou Otávio, num murmúrio. - Dessa forma você vai amedrontar a criança, impedindo-a de desabafar a verdadeira causa de seus temores.

E, voltando-se para a filha, numa demonstração de maior interesse, perguntou:

- Que homem, minha filha?

- Aquele, de camisa azul.

- Tinha tanta gente que nem reparei quem estava de camisa azul. Ele veio com quem?

Foi a vez de Leda reclamar baixinho.

– Eu acho que você não deveria dar tanta corda a esse tipo de fantasia. Pode até ser perigoso ficar alimentando esses devaneios. Estou achando um absurdo compactuarmos com essa história.

Otávio não respondeu. Apenas olhou repreensivamente para Leda, que preferiu se calar, ante a reprimenda muda do marido.

– Veio com o Augusto.

– É o pai dele?

– Não sei. Só sei que ele é mau. Da outra vez ele me matou – tornou a repetir a menina.

– Que outra vez? – quis saber Leda, disfarçando com dificuldade a impaciência da voz.

– Quando eu era grande. Assim do seu tamanho...

– Você sonhou isso, minha filha – falou carinhosamente o pai. – Você nasceu pequenininha e está crescendo, um pouquinho de cada vez, já está quase ficando uma mocinha, mas ainda não chegou a ser grande. Nunca foi maior do que é hoje.

– Fui sim.

– Só se foi num sonho – discordou Leda, asperamente.

– Não! – respondeu a menina, cheia de segurança. – Foi quando eu morava na outra casa. Aquela grande, perto do lago.

Otávio olhou para Leda e fez sinal para que não dessem mais qualquer andamento ao assunto. Estava achando que a história tinha outras implicações e que eles não estavam preparados, pelo menos naquele momento, para irem adiante com tal interrogatório.

– Qual foi o presente que tia Tereza trouxe para você? – perguntou o pai, mudando totalmente o rumo da conversa.

Em sua pouca idade, sem qualquer malícia para poder perceber o desvio proposital do assunto, Aninha se deixou envolver pela nova pergunta.

– Uma pulseira de bolinha – respondeu, desanuviando o rostinho e enveredando para o agradável tema dos presentes recebidos.

– Você viu, papai? O Leleco me deu uma boneca que canta música de roda.

– Ainda não – disse o pai. – Pega lá que eu quero ver se essa boneca sabe mesmo cantar!

Aproveitando a saída da criança, que se precipitou pressurosa em busca do mimo, Otávio aconselhou Leda a não falar mais nada sobre o que tinham acabado de ouvir. Depois, a sós no quarto, poderiam conversar livremente sobre as surpreendentes revelações da filha.

*

Aninha custou a dormir, naquela noite. Estava agitada, o que podia ser atribuído a várias razões, desde o tumulto da festa, até à impressionante fantasia que criara, associada à presença do acompanhante de seu pequeno convidado.

Mais tarde, quando tudo se tornou calmo dentro de casa, Otávio e Leda, a sós no quarto, se dispuseram a analisar a estranha declaração da filha.

– Acho muito perigosa essa sua atitude de permitir que Aninha fique inventando coisas e, ainda por cima, se mostrando interessado em seus argumentos. Por que você não me deixou acabar logo com as invencionices dessa menina? – quis saber a mãe.

– Porque não sabemos se são invencionices.

– Como não sabemos?... O que faltou para você considerar aquilo uma sandice? Aninha nos diz um disparate daqueles, sem pé nem cabeça, e você ainda não está convencido de que nossa atitude deveria ter sido desestimular sua criatividade mórbida, imediatamente?

– Calma, Leda. Até hoje, essa menina nunca nos tinha dito nada que fosse inverossímil, que nos pudesse fazer acreditar ter ela uma personalidade delirante. Pelo contrário, sempre se mostrou uma criança com bastante equilíbrio e bom senso.

– Você fez bem em dizer, "até hoje". Porque essa atitude de há pouco, demonstrando medo diante de um desconhecido presente à festa, sob a alegação de que ele a teria matado quando ela era grande e morava na casa perto do lago, é mais do que um delírio, é quase um surto psicótico.

– Não podemos afirmar isso com tanta convicção. Eu já li sobre vários casos de crianças que, de repente, sem que se possa precisar porquê, veem ativadas suas memórias de vidas pregressas.

– Isso, você deve ter tomado conhecimento dentro desses livros espíritas que vive lendo. Garanto que não foi dentro de publicações racionais, onde são tratados assuntos sérios.

– Muito pelo contrário. Já li até estudos científicos sobre essas evidências, depoimentos de médicos que acompanharam de perto o caso de uma menina, lá na Índia...

– Ah, logo vi! Só podia ser na Índia! Com aquele misticismo todo, não seria de estranhar que as crianças, envolvidas por tanta crendice, passassem a 'lembrar' de coisas inexistentes.

– E por que sua conclusão sobre as crianças indianas não pode ser diferente?... – atalhou Otávio. – Pensar, por exemplo, que, em meio a tanta espiritualidade, a percepção vai ficando mais aguçada, a ponto de permitir lembranças de fatos relacionados a vidas pregressas?

- Ah, Otávio! Lidar com as coisas concretas dessa vida já é tão difícil, que considero não ser conveniente escarafunchar coisas além dos nossos limites.

- Concordo com você. Quando estão além dos nossos limites, não convém ultrapassarmos. Mas, e quando essas coisas invadem o nosso espaço?... Temos ou não obrigação de investigar, cuidadosamente, analisando todos os pontos que podem prejudicar as pessoas que amamos?

- O que você está querendo dizer com isso?

- Se Aninha tem um problema, psicológico ou não, mas aparentemente grave, como você mesma constatou, capaz de lhe trazer um tipo de pânico, em uma tarde destinada a ser de absoluta alegria, cabe a nós, seus pais, tentar identificá-lo e procurar removê-lo.

- De que maneira?

- De que maneira, ainda, não sei. Mas pode ter certeza de que vou tentar descobrir o modo de livrar minha filha disso.

- Acredito que não seja necessário. Se não reavivarmos sua memória, amanhã mesmo, ela já não se lembrará mais de tal sandice. Agora, acho muito importante que, se isso voltar a se repetir, e ela tornar a falar sobre tais absurdos, temos o dever de interromper suas declarações, mostrando claramente o nosso descrédito.

- Absolutamente! Não acho que seja esse o caminho. Somos pessoas bastante esclarecidas para saber o que o recalque é capaz de formar no inconsciente das pessoas. É melhor deixá-la falar o que quiser. O que temos que fazer é nos informarmos qual o melhor comportamento a ser adotado nestes casos.

– Então, enquanto não descobrimos isso, pelo menos, vamos combinar nos manter aparentemente indiferentes, não demonstrando a mínima curiosidade diante de qualquer declaração absurda que Aninha venha a fazer. Se essa situação se repetir, o que não espero, devemos procurar desviar o assunto, criando um novo ponto de interesse, como você fez hoje, lá na sala, perguntando sobre os presentes e mudando o rumo da conversa.

Otávio não respondeu. O tempo diria se aquele era o procedimento mais recomendável a ser adotado. E, enquanto o sono não chegava, foi estabelecendo o projeto de procurar, logo na segunda-feira, um psicólogo que trabalhava com ele na clínica para se posicionar cientificamente, da melhor maneira possível, dentro do caso.

O domingo amanheceu claro e cheio de sol e, rapidamente, a família organizou um programa que, com aprovação geral, foi vivenciado na praia.

No alegre convívio à beira mar, Aninha fez logo amizade com uma menina de rabinho-de-cavalo da barraca ao lado, e as duas, com seus baldinhos, pás e peneiras, desfrutaram a infantilidade cavando buracos na areia para construção de morros e túneis intermináveis.

Otávio, que desde a véspera não conseguia pensar em outra coisa senão na revelação da filha, olhava o horizonte azul que se delineava ao longe com aquele olhar opaco que ignora as formas exteriores. Em um mar de pensamentos, mais extenso do que o que se estendia diante de seus olhos, sua imaginação vagava perdida em cogitações sobre o que poderia ter acontecido de tão marcante, nesse misterioso passado que a filha revelara, capaz de forçar o surgimento, sob a forma daquela lembrança extemporânea, de um fato tão tenebroso, preservado em seu inconsciente. Só uma coisa era passível de ser considerada, a tragédia devia ter sido bastante recente, em razão do patente reencontro dos personagens envolvidos,

Leda, por sua vez, também não conseguira esquecer o que a menina dissera. Mas, sem levar em consideração que o fato relatado pudesse ter qualquer implicação determinante, na vida da filha, assistia a sua brincadeira inocente, como se fosse uma confirmação do que acreditara na véspera: se eles não voltassem a se referir àquele assunto, Aninha viria a esquecê-lo, naturalmente. O tempo se encarregaria de apagar de sua memória todas as bobagens criadas por sua imaginação.

Entretanto as coisas não ocorreriam dessa maneira.

À tarde, já devidamente descansados da programação da manhã, resolveram colocar, no aparelho de vídeo, o disco no qual foram gravados as tomadas feitas durante a festa da véspera.

Tudo ia se sucedendo numa pantomima: caretas, crianças, palhaços, brincadeiras, diante do riso da reduzida plateia, até que a câmera focou um homem de camisa azul, sentado em meio a um grupo.

– Foi ele – disse Aninha categórica, correndo a aconchegar-se temerosa no colo do pai, em busca de proteção.

– Ele quem? – perguntaram os dois, diante da cena subsequente na qual duas meninas tentavam sentar na mesma cadeira.

– O homem que me matou, quando eu era grande. Mas agora ele já passou...

– Veja o número, mas não volte a gravação – sussurrou a mulher.

– Quem foi a menina que conseguiu ganhar essa dança das cadeiras? – perguntou o pai, vendo a cena em que uma garotinha recebia uma grande bola colorida, oferecida pelo palhaço, como prêmio por ter sido a última a permanecer na brincadeira.

– É a Mirela.

– Por que você não participou dessa dança das cadeiras? – continuou perguntando o pai, na tentativa de distrair a filha.

– Porque o homem mau estava lá perto, olhando.

– Você sabe o nome dele? – quis saber a mãe, contrariando sua própria opinião de não dar andamento a qualquer assunto da filha que versasse sobre aquele tema.

– Não me lembro...

– Às vezes, minha filha, a gente sonha coisas que nos parecem muito reais, aí, no dia seguinte, a gente fica com a impressão de que elas aconteceram mesmo. Chega ser difícil nos convencermos de que não passaram de sonhos. Isso acontece até com os adultos, que entendem melhor as coisas do que as crianças.

Mas Aninha já não estava mais prestando qualquer atenção à argumentação do pai. Ria agora da cena em que o mágico tirava uma flor de dentro do bolso do Arnaldinho, expondo a alegria que não pudera demonstrar na véspera, ante a cara de surpresa do coleguinha.

– Que tal sairmos para tomar um sorvete – propôs Otávio, disposto a paralisar a apresentação do disco, evitando novas cenas em que o misterioso figurante pudesse estar presente.

– Boa Ideia! – concordou Leda, captando as intenções do marido.

Como Aninha fosse a primeira a se levantar, em concordância total com a proposta, o vídeo foi desligado e os três tomaram o carro e foram até a sorveteria mais próxima, encobrindo com uma colorida taça de sorvetes as estapafúrdias lembranças da filha.

Ao retornarem, a menina imediatamente quis continuar assistindo ao que fora gravado durante a festa do seu aniversário, mas o pai, de posse do controle remoto, incumbiu-se de promover uma falsa pane no aparelho, fazendo com que, na tela cheia de chuviscos e ruídos, não voltasse mais a aparecer qualquer imagem das comemorações da véspera.

– Que pena! – falou Otávio, retirando o disco do aparelho. – Acho que estragou. Vou levar esse aparelho, amanhã mesmo, lá na loja, para ver se podem consertá-lo.

Mas o fato de não poder recomeçar a programação interrompida pareceu não ter grande importância para Aninha, que, imediatamente, com a volubilidade comum às crianças, desviou sua atenção para outros interesses.

Entretanto, para os pais, aquele disco passou a ser alvo de uma quase ideia fixa. Foi levado para o aparelho de vídeo do quarto e a hora propícia para sua exibição, aguardada com ansiedade.

Quando, finalmente, puderam recolher-se, a primeira coisa feita foi ligar a televisão, ajustar a reprodução até o momento de ver surgir, sentado em meio a um grupo, um jovem senhor de camisa azul, aparentando uns quarenta e poucos anos e um ar cordial.

– Só pode ser este – informou Otávio, paralisando a exibição. – Está de camisa azul e é a imagem que antecede à das duas garotinhas disputando a dança das cadeira, momento em que Aninha denunciou sua presença na gravação. Sabe quem é ele?

– Não! – respondeu Leda. – Até já o vi algumas vezes, lá no Jardim Escola, durante a entrada ou saída das crianças, mas, como a maioria dos pais que encontro por lá, o relacionamento se limita a sorrisos e cumprimentos circunstanciais.

– Mas não vai ser difícil descobrir quem é...

– Por que você está interessado na identidade dele? Não está vendo que isto tudo não passou de uma bobagem de

Aninha. – Retrucou Leda. – Esse homem tem uma cara ótima. Uma aparência distinta. O que você pretende descobrir?

– Você há de convir que foi muito estranho tudo isso. Por que ela cismaria com essa pessoa entre tantas outras? Ainda mais em um momento de festa. Que lembrança trágica foi essa que a levou a associar um dos convidados a um crime, a ponto de lhe provocar pânico? Sem contar que cara boa e aparência distinta nunca foram provas de integridade moral.

– Acho que você é cardiologista, por acaso. Acabo de descobrir que sua verdadeira profissão deveria ser detetive. Está flagrante sua vontade de sair investigando esse caso.

– Em parte você acertou; quero verificar o que há de verdade nesse caso. E o primeiro passo pode ser dado por você. Durante suas idas e vindas para levar e buscar Aninha na escola, eu gostaria que tentasse, disfarçadamente, descobrir o nome dele.

– De que isso adiantaria? Além do que, ela forçosamente, já deve tê-lo visto algumas vezes por lá e nunca demonstrou qualquer emoção diante de sua presença.

– Ela pode nunca ter notado. Na transitoriedade de ver muita gente chegando e saindo, como é o caso da escolinha onde estuda, seria muito mais difícil encontrar a condição que teve, aqui em casa, de destacar uma pessoa em meio a um número bem mais reduzido. Isso, sem afastar a ideia de que até pode tê-lo visto por lá, também, e só não tomamos conhecimento de nada porque se distraiu, logo após, com alguma outra coisa e a impressão se desvaneceu naquele mundinho de pensamentos transitórios.

– E como quer que eu lhe descubra a identidade? Se começar a perguntar isso, vai parecer que estou interessada nele.

– Não oponha obstáculos, Leda. Você é bem inteligente para fazer isso com discrição.

Na tarde de segunda-feira, mal chegou do trabalho, o primeiro assunto de Otávio foi querer saber sobre os progressos feitos por Leda, em sua tarefa investigativa. Mas a esposa não tinha nada a acrescentar. Impulsionada pela ideia de satisfazer a curiosidade do marido, chegara até um pouco mais cedo na escola, deixara Aninha entregue à professora e ficara rondando pelo local, ainda por algum tempo, assistindo à chegada das outras crianças. Só se retirou quando os portões se fecharam, sem que tivesse notado a presença do homem alvo das acusações da filha.

– Acho que vai ser difícil. Muitas crianças vão acompanhadas por suas babás e eu sequer lembro o nome do garoto que Aninha citou como sendo a criança que veio acompanhada por aquele homem – informou Leda ao marido, desiludindo suas expectativas.

– O nome do garoto era Augusto, eu guardei bem. Mas ela não sabia dizer se o tal homem era o pai dele.

– Mesmo assim... com um ponto de referência, fica um pouco mais fácil. Amanhã, eu vou ver se descubro quem é o Augusto. Se ele for levado por uma babá, ainda se tornará mais fácil descobrir o nome do pai dele.

– Eu fui um pouco mais feliz em minhas investigações – informou Otávio. – Estive conversando lá na clínica com o Dirceu, que me informou uma série de coisas sobre um caso semelhante.

– Você foi contar para outra pessoa sobre essa tolice de Aninha? Vão começar a achar que nossa filha é debiloide, meio maluca, e depois, se isso se espalhar, perderão a confiança nela para sempre. Nunca mais será considerada como uma pessoa normal, confiável. Acho que não deveria ter feito isso.

– Não precisa ter esses receios. O Dirceu é psicólogo, trabalha comigo lá na clínica, e tem um juramento que o compromete com a ética profissional. Posso falar à vontade que, mesmo que algum dia ele cite o fato, jamais o contará identificando as pessoas. Da mesma forma como fez agora comigo, contou uma ocorrência e, entretanto, continuo ignorando o nome do paciente envolvido. E era exatamente isso o que eu queria lhe dizer, ele conhece um outro caso semelhante ao de Aninha.

– E o que foi que ele disse – quis saber Leda, um pouco mais tranquila.

– Citou o caso de um menino, cliente dele, que odiava a mãe por coisas que ela lhe havia feito em uma outra vida.

– Deus me livre! Se isso for verdade, ainda é muito pior do que o que acontece com nossa filha. Já imaginou que relacionamento mais difícil seria esse?

– Ainda estão lutando para tentar acertar. A mãe é boníssima, sofre demais com a aversão do filho. A sorte é que ele ainda é pequeno e o Dirceu acredita que essas lembranças vão desaparecendo com a idade.

– E em que consiste o tratamento nesses casos?

– Em ressaltar o lado bom da pessoa alvo desse ódio. Fazer com que a criança reconheça a injustiça que está cometendo.

– Mas esse caso é inteiramente diferente do caso de Aninha, ou não?... Sequer sabemos que situação é essa a que ela se refere... se foi algum sonho, parte de um filme que ela viu ou alguma coisa, como você acredita, acontecida em outra vida...

– Não sabemos. Mas minha impressão é de que seja um fato acontecido ainda nesta vida. Não nesta vida dela, mas na de seu algoz. Pressinto que a ligação entre eles tenha sido familiar, por isso ela continua reconhecendo sua aparência física.

– Não creio que isso seja importante. No caso que você falou aí, citado pelo Dirceu, o menino me pareceu odiar uma alma, que agora vive em outro corpo e que é sua mãe.

– Não tinha levado isso em consideração, mas também pode ser. É um terreno totalmente desconhecido esse. O máximo que podemos fazer é levantar hipóteses. Quando tivermos o nome do homem de camisa azul, vamos poder investigar melhor, saber se ele é casado e há quanto tempo. Assim teremos oportunidade de conhecer as reais possibilidades de ele ter cometido algum crime, nesta existência.

– Não sei porque, também, você adotou essa ideia de que ele teria morto sua própria mulher... Ele pode ser casado, muito feliz e ter morto alguém cuja identidade não tenha nada a ver com sua família.

– Engraçado, também não tinha pensado nessa possibilidade. Você que não crê nesses assuntos, raciocina com muito mais lógica em torno deles do que eu.

– Ajo um tanto ou quanto como um 'advogado do diabo'. Na tentativa de desmistificar, eu penso em todos os ângulos da questão. Mas não acredite que isso seja uma forma de aprovação, não. É unicamente no intuito de sabotar suas convicções.

– Entendi. Mas quero lhe explicar que, por intuição ou lá o que seja, no primeiro momento em que Aninha nos fez aquela revelação, a impressão imediata que me veio à cabeça é que ela teria tido uma ligação muito íntima com ele, um casamento ou algo assim. Mas tem lógica o que você acaba de dizer. Não necessariamente as coisas se passaram no seio de uma família. Foi bobagem minha, sem conhecer nada sobre o assunto, limitar as possibilidades de ação do nosso suspeito.

– Há, ainda, no caso de interpretarmos os acontecimentos adotando suas crenças, a necessidade de levarmos em conta a possibilidade de uma recordação de outros tempos, como a que acontece com o tal garoto, cliente do Dirceu... Uma lembrança mais antiga, de outras vidas... Ela pode ter identificado a alma dele... e, sendo assim, jamais vamos descobrir, a real causa de seus temores. Pode ser que ele, apesar de ter sido violento em outra vida, seja, hoje em dia, uma pessoa inteiramente inofensiva, com uma personalidade diferente da que apresentou no passado. Não é melhor deixarmos esse assunto de lado? Que tal aproveitar que Aninha parece ter esquecido desse fato para botar uma pedra em cima do assunto?

– Por enquanto, ainda não posso esquecer essa história, porque minha curiosidade ficou aguçada demais. Contudo, prometo tentar só mais um pouco. Se for difícil levantar qualquer indício, vou fazer todo o possível para não pensar mais no caso. Está bem?

As semanas que se seguiram não foram muito diferentes, em se tratando de esclarecimentos. Apesar das tentativas de Leda em descobrir o tal Augusto, a investigação se tornava quase impossível, pelo fato de não querer perguntar à filha um meio que a ajudasse identificar o menino. Temia que ela pudesse associá-lo de novo ao homem de camisa azul, reativando as lembranças que tivera. Se, por um lado, era frustrante, por outro, essa falta de esclarecimento a deixava satisfeita, pressentindo que, em breve, toda aquela história maluca poderia ser arquivada

Mas, para Otávio, o tempo só acirrava a curiosidade. Em razão da dificuldade encontrada pela esposa para identificar o desconhecido, através das idas ao Jardim Escola, teve uma ideia que julgou promissora. Resolveu quebrar o silêncio que vinha mantendo sobre o caso e contar tudo ao Lucas, um velho amigo que, além de confiável, acenava com possibilidades infindas de ajudá-lo, dada sua condição de Diretor-executivo do jornal *Realidade.*

Na hora estabelecida, apresentou-se à recepcionista, que o encaminhou à sala do dr. Lucas Sampaio.

Há muito tempo não entrava em um jornal e, talvez por isso, o quadro que fazia de uma moderna redação era de um ambiente formigando de atividade. Só descobriu que os tempos eram outros, ao atravessar a sala que dava acesso ao gabinete do amigo e constatar que, apesar do bom número de funcionários, o silêncio só era quebrado pelo leve som dos teclados dos computadores, através dos quais aquela pequena fração da aldeia global se incorporava ao mundo pelo sistema *on line*, o que, comparativamente, produzia um ruído bem mais discreto que os emitidos pelas pesadas máquinas de escrever antigas, a metralhar o ar com o sensacionalismo de suas notícias.

Lucas o recebeu com a simpatia de sempre.

– É um prazer e uma surpresa vê-lo por aqui. Tantos anos de amizade para, só agora, merecer essa sempre tão protelada visita.

– Não foi por falta de vontade, não. Tinha muita curiosidade em visitar este local onde você finge que trabalha.

– Finjo, não é?... Seu engraçado!... Finjo tão bem que acho que você veio até aqui para me procurar profissionalmente, acertei?

– Não é bem assim. É porque, tecnicamente, você é a pessoa que julgo ter mais recursos para resolver o meu caso.

– Vejamos então que assunto é esse, tão urgente, que não pode esperar pelo nosso encontro semanal, no clube.

– Porque acredito que, só na redação, você teria possibilidade de revelar uma dessas fotos, gravadas aqui. Acertei? – perguntou Otávio, retirando de sua pasta o disco gravado no aniversário de Aninha e acenando com ele ao amigo.

– Claro que temos. Mas é isso?... Só isso?... Ou por outra, o que tem aí de tão importante para essa urgência?

– É um caso estranho que seu faro de jornalista vai encampar, tão logo conheça, tenho certeza. Eu, que nunca me percebi interessado por mistérios, estou completamente envolvido com essa história.

– Conta lá o que é! Já estou em campo, ansioso, com lupa e chapéu de Sherlock.

– Nesse caso, acho que esses apetrechos são dispensáveis. Talvez seja mais apropriado fazermos uma sessão espírita ou algo similar. Imagine que minha filha...

E Otávio contou, tim-tim por tim-tim, sobre o comportamento de Aninha no dia da festa e a explicação dada por ela, para sua imprevisível demonstração de pânico.

– Engraçado. Estive lá, na ocasião, e não lembro de ter notado nenhum procedimento diferente em Aninha. Ela me pareceu absolutamente normal.

– Naquela confusão toda, com mais de trinta crianças correndo de um lado para outro, cantando e gritando, eu também não percebi nada. Além do que, estava com a câmera na mão e, talvez por isso, não tenha notado nenhuma anormalidade. Só depois, quando a festa terminou e Leda, que tinha estranhado muito o comportamento dela, quis aproveitar a oportunidade para lhe dar uma aula de etiqueta, foi que o fato chegou ao meu conhecimento. Agora dá para você imaginar o choque que tive com a explicação de minha filha sobre as razões pelas quais havia se mostrado completamente antissocial com os coleguinhas: "Medo daquele homem que me matou da outra vez". Comecei então a reconstituir os fatos e, nessas lembranças, ficou clara a dificuldade que tive para filmá-la, durante as brincadeiras, sempre pelos cantos, não participando de nada, esquiva e se escondendo o tempo todo.

– Por que você não comentou nada comigo, antes?

– Estávamos tentando identificar o tal homem, através de uma pesquisa muito amadorística, mesmo. Não queríamos, nem eu nem Leda, muito alarde sobre o assunto, até mesmo para proteger Aninha da má impressão que essa história poderia provocar. Mas não consigo me desligar do fato. Cheguei à conclusão de que preciso saber a verdade, nem tanto por ela, mas para minha tranquilidade pessoal.

– E o retrato do tal indivíduo está aí nesse disco?

– Está. E foi, exatamente durante sua exibição, que Aninha fechou com chave de ouro suas inexplicáveis atitudes da véspera. Estávamos descontraídos, assistindo à projeção das cenas gravadas durante a festa, quando minha filha se atirou sobre mim, apontando um jovem senhor de camisa azul, em meio a um grupo de pessoas, como sendo o homem que a matara. Disfarçamos na hora e sumimos imediatamente com a gravação, para evitar um choque emocional maior, em razão de estarmos pisando em um terreno que nos era totalmente desconhecido. Mas, à noite, a sós no quarto, fomos conferir de quem se tratava. Nem eu, nem Leda o conhecemos. Parece ser o pai de um dos coleguinhas, de nome Augusto, que frequenta o mesmo Jardim Escola; pelo menos, esse homem esteve lá em casa acompanhando o tal menino. Tal detalhe, porém, não nos conduziu a nada. Fica difícil descobrirmos quem é, porque raramente são os pais que levam os filhos até o Jardim. A maioria das crianças costuma ser acompanhada ou pelas mães ou pelas babás.

– Passe esse disco para cá – pediu Lucas, encaminhando-se para o computador. – Vamos ver se eu conheço o figurante.

– Fique atento para dar o *stop*, assim que eu avisar – informou Otávio. – O ponto é em torno do final do primeiro terço da gravação..

– Então assuma o controle. É mais fácil para você, que já conhece a sequência, fixar a imagem, no momento em que ele surgir.

Nem bem o disco foi acessado, revelando a alegria reinante na festa, quando Otávio comprimiu o botão da pausa, fixando a figura do desconhecido.

– É esse o camarada. Você o conhece?

– Conhecer, não conheço, mas não me é estranho. É como se o visse às vezes, mas não estou lembrando onde...

– Engraçado é que, para mim também, ele não é de todo ignorado. Tenho a impressão de conhecê-lo de algum lugar.

– Você então, que trabalha com o público, atendendo em um hospital, é possível mesmo que já o tenha visto.

– Isso é, registramos indiscriminadamente as fisionomias, mas elas se embaralham de tal forma que acabamos perdendo a referência das circunstâncias em que foram vistas.

– Pode ficar descansado que vamos descobrir quem é.

– Sei que, praticamente, nem precisaria pedir discrição a você, dada à delicadeza do caso, mas, ainda assim, confio que sua busca seja o mais sigilosa possível.

– Pode confiar em mim e, qualquer notícia eu ligo para lhe informar.

Lucas Sampaio era uma das pessoas em quem Otávio confiava acima de tudo. A camaradagem entre os dois nascera ainda na adolescência, durante o curso do segundo grau e, apesar de vocações diferentes, um querendo fazer comunicação e outro medicina, as afinidades eram muitas e, em razão delas, a amizade se estreitou pela vida afora.

Seu casamento com Norma praticamente não mudou em nada o relacionamento dos dois, vista que as duas mulheres também se identificaram de imediato, o que impediu o afastamento dos amigos e, pelo contrário, aumentou para quatro os membros do grupo.

Pai de um garotinho, quatro meses mais velho que Aninha, podia imaginar bem a preocupação de Otávio com o incidente, medindo as reações que teria, caso o fato estivesse acontecendo em sua família.

Já em casa, não quis comentar o caso com Norma. Havia prometido manter sigilo e, se Leda quisesse, mais tarde comentaria com a amiga sobre o inacreditável problema que estavam vivenciando.

Custou a dormir aquela noite, envolvido pela estranheza do fato. E se conseguissem identificar o homem, o que será que Otávio pretendia fazer? Iria se comunicar com ele?... Talvez o melhor mesmo fosse deixar de lado essa opção e levar a filha a um psicólogo para descobrirem uma fórmula de fazê-la esquecer esse tipo de lembrança...

Estava em pleno sono, quando o som de uma campainha o fez despertar. Achou que fosse o telefone, mas tudo à sua volta era silêncio. Começou a achar que a campainha havia tocado apenas em seu sonho. O que estava sonhando mesmo?... Aos poucos foi reconstituindo: estava na loja de flores, comprando rosas para Norma, pelo seu aniversário, foi então que reparou na fisionomia do florista, o homem da gravação feita por Otávio – o mesmo que amedrontara Aninha durante toda a sua festa de aniversário.

Por isso tinha certeza de já tê-lo visto. De vez em quando ia à floricultura e fora lá que o vira. Era de lá que o conhecia.

"O cérebro é realmente uma coisa muito estranha", pensou. É como se mantivesse arquivistas de plantão, em contínua busca de informações para dirimir as dúvidas, em meio às lembranças arquivadas. Mesmo quando você se desliga inteiramente do assunto, a pesquisa continua.

Aguardou impaciente o amanhecer do dia, para contar ao amigo a sua descoberta. Em que iria dar tudo aquilo?...

*

Na casa de Otávio, também, a noite foi reveladora. Desde o seu aniversário, Aninha nunca mais tivera uma noite tranquila, agitava-se muito e choramingava durante o sono, mas voltava a se acalmar quando sentia a presença dos pais acariciando os seus cabelos e falando palavras de conforto. Desta vez não, acordou aos gritos, chorando desesperada.

Aos pais, que acorreram ao seu quarto, assim que ouviram seus primeiros pedidos de socorro, a menina, aterrorizada, revelou que estava sendo perseguida. Queriam matá-la.

– Está tudo escuro!... – gritava. – Aqui, no meio desse mato, não estou enxergando nada! Estou perdida!...O Alfredo está vindo atrás de mim para me matar!... Me acudam!... Alfredo, não!... Não! Por Deus!...

Com muito cuidado, após providenciar que todas as luzes fossem devidamente acesas, foram mostrando à filha que não precisava ter medo de nada, que tudo não passara de um pesadelo. Ela estava segura em sua caminha, não tinha mato algum à sua volta, eles estavam ali ao seu lado, e não existia nenhum Alfredo na casa.

Olhos arregalados, numa expressão de extremo pavor, ela se agarrava ao pai, buscando proteção, enquanto chorava convulsivamente.

Leda trouxe um copo de água com açúcar e, enquanto a filha bebia, engasgando-se em meio aos soluços, acariciava os seus cabelos, como se quisesse tirar da cabeça da filha os terríveis pensamentos que a estavam dominando.

Enfim, a calma foi voltando, mas Aninha só concordou em voltar a dormir, se fosse na cama dos pais.

Em uma tal emergência, sem saber que atitude tomar, levaram-na para o quarto do casal, onde ficou alojada entre os dois, o restante da noite, impedindo-os de dormir, com a agitação do seu sono, ou conversar sobre o problema, com receio de terem sua conversa ouvida pela pequena.

Otávio, tão logo tomou conhecimento do sonho de Lucas e da consequente identificação sobre a identidade do convidado suspeito, passou a viver em função de encontrar uma oportunidade para ir até à floricultura e checar o nome dele.

Mas o dia foi de muito trabalho. Um acidente de ônibus levou muita gente ferida ao hospital e o assunto ficou praticamente esquecido, em meio ao corre-corre de toda equipe. À tardinha, quando conseguiu se liberar, o comércio já estava fechado. O negócio seria deixar para o dia seguinte.

Estava tenso demais e, talvez por isso, tenha resolvido bater um papo com o Lucas antes de ir para casa.

Já sentado no bar, conversando com o amigo, contou a noite terrível que passaram, com os gritos de terror da filha, em meio a um pesadelo.

– Dessa vez ela falou um nome: Alfredo.

– De certo modo, foi até bom. Assim, vamos poder saber se ele realmente tem alguma coisa a ver com essa história da Aninha. Vamos juntos, amanhã, até a floricultura e, enquanto eu encomendo umas rosas para Norma, você finge que o está reconhecendo como um dos convidados presentes à festa de sua filha. Aí fica fácil uma apresentação.

*

Tudo transcorreu em paz aquela noite. Não ocorreram pesadelos e a expectativa de identificar o florista, no dia seguinte, comprovando ou não as acusações de Aninha, de certa forma acalmaram as ansiedades.

Leda aprovou os planos de Lucas. A forma inteligente de abordagem, não deixaria qualquer dúvida ao suspeito, mas forneceria as provas necessárias aos seus investigadores.

Eram dez horas da manhã, quando Lucas passou por sua casa.

– Acho bom irmos no mesmo carro, para evitar desconfianças. Não se justificaria você saltar de um carro, eu de outro, para representarmos o nosso teatrinho.

– Bem pensado. Mais tarde Leda leva o meu carro.

Pelo caminho, ainda foram elaborando a forma de abordagem, para que nada desse margem a desconfianças. Afinal, não sabiam com quem estavam lidando.

Entraram por uma movimentada avenida, uma das principais da cidade.

– A floricultura dele é aqui – informou Lucas. – De vez em quando, costumo comprar flores para Norma e minha presença não será estranha. Preste atenção, porque a representação vai ficar por sua conta.

– Claro que estou preparado.

Saltaram os dois e se encaminharam para uma larga porta envidraçada, que deixava antever a beleza interior, representada pela profusão de cores e formas, nas muitas qualidades de flores e plantas ornamentais, dispostas decorativamente pelas prateleiras.

Fora uma atendente, não havia ninguém na loja, mas havia um perfume natural que impregnava tudo.

– Demore bastante escolhendo – cochichou Otávio.

A mocinha se aproximou solícita, enquanto Lucas percorria com olhos interessados as dezenas de espécimes expostas.

– Posso ajudar?

– Quero enviar umas flores para minha esposa e não sei o que escolho.

– O senhor sempre leva rosas amarelas.

– Mas hoje é diferente. É nosso aniversário de casamento e gostaria de lhe mandar um outro tipo de flor.

– Que tal tulipas? São exóticas ao nosso clima e altamente decorativas.

– É... pode ser... – comentou Lucas, fingindo indecisão.

Nesse momento, através de uma porta interna, surgiu, na parte comercial do estabelecimento, nada menos do que o homem de camisa azul. Só que, desta vez, em elegante terno marrom.

Otávio estremeceu como se tivesse visto o próprio demônio. O desespero da filha havia inculcado nele uma impressão terrivelmente desagradável em relação ao homem que tinha diante de si, e foi com muito custo que conseguiu se dominar.

O recém-chegado olhou com interesse os dois e sorriu com simpatia.

Ambos retribuíram.

– Não nos conhecemos? – perguntou Otávio, ligeiramente gaguejante.

– Parece-me que não.

– O senhor não esteve em minha casa, semana passada, levando um menininho chamado Augusto para comemorar o aniversário de minha filha?

– Ah! Foi em sua casa? Desculpe, não o reconheci. Não sou bom fisionomista.

– Não o condeno. Estive praticamente o tempo todo com a câmera na mão, filmando a festa.

Era a oportunidade esperada...

– Eu sou Otávio Borges – apresentou-se, estendendo a mão ao interlocutor.

– Luiz Tavares – respondeu o outro por seu lado.

A decepção foi tão grande que o entusiasmo que os levara até ali praticamente desapareceu. Tinham certeza de que o homem se chamava Alfredo e que, dali para frente, o único trabalho que teriam seria investigar o passado do indivíduo.

Por pouco não se despediram imediatamente, sem que Lucas decidisse quais seriam as flores a serem enviadas para a esposa. Mas, como a farsa tinha que continuar, terminou mandando mesmo as rosas amarelas.

– Não vai mandar um cartão? – lembrou a atendente.

– Claro! – respondeu Lucas, preenchendo o pequeno cartão com a primeira bobagem que lhe veio à cabeça.

Já na rua, os dois se entreolharam desacorçoados.

– É, amigo! Não existe essa mirabolante história que nós dois estávamos querendo investigar... O negócio é mesmo você levar sua filha a um psicólogo, e com urgência, antes que essa situação se agrave.

Vou conversar com o Dirceu, hoje mesmo, e marcar uma consulta. Foi decepcionante essa tentativa de penetrarmos na seara dos detetives. Mas confesso que, quando aquele homem entrou na sala, eu tremi até os ossos. Estava tão imbuído da ideia de que ela era um perigoso assassino, que por pouco não perdi a fala.

– Eu notei que sua voz saiu toda tremida. A sorte foi que o cara não percebeu nada. Tirando sua sofrível interpretação inicial, a representação foi perfeita. Ele nunca poderia desconfiar de nada, mesmo que fosse o perigoso assassino que supúnhamos.

O dia transcorreu normal, não fosse pela surpresa de Norma ao receber um ramo de rosas amarelas, cumprimentando-a pelos oito anos de casados. Um fato tão surpreendente que a obrigou a ligar para o marido.

– Lucas!... Você bebeu já de manhã?

– Que pergunta é essa, Norma? – disse Lucas, inteiramente esquecido da compra que fizera e do cartão com que disfarçara sua ida à floricultura.

– Que oito anos de casados estamos comemorando hoje?... Que eu saiba nos casamos em maio e estamos em julho... Essas flores você ia mandar para uma outra pessoa?... – quis saber Norma, com uma ligeira pulga atrás da orelha.

– Antes que você fique pensando bobagens... – informou Lucas do outro lado –, eu vou pedir ao Otávio autorização para lhe colocar a par dos acontecimentos. Logo mais eu converso com você.

Nem bem desligou o telefone e foi logo discando para o Otávio.

– Meu amigo, vou ter que contar a história da Aninha para a Norma. Imagine que aquelas flores que fui obrigado a enviar para minha mulher, como disfarce, chegaram lá em casa, com um cartão comemorando o nosso aniversário de casamento. Acontece que casamos em maio e Norma, diante de tal descalabro, está desconfiada que andei aprontando alguma.

– Esse foi o lado humorístico da história – retrucou Otávio. – Já pensou, uma encrenca conjugal, apenas porque quis me prestar uma ajuda? Claro que está autorizado a colocar Norma a par da situação, sim. Quando lhe pedi que guardasse segredo, não incluí sua mulher nisso. Ela é nossa amiga e tenho certeza que, se não puder fazer nada para nos ajudar, garanto que nunca fará nada para nos prejudicar.

Nessa noite, nem bem Lucas entrou em casa, Norma já estava ao seu lado, pronta a ouvir todas as explicações devidas a um comportamento tão estapafúrdio.

– Calma, mulher! Não há nada de errado no que andei fazendo, foi apenas um estratagema para disfarçar umas segundas intenções. O Otávio e a Leda estão precisando de ajuda, mas como tinha prometido não fazer qualquer comentário sobre o assunto, não lhe falei nada. Mas hoje, diante dessas intempestivas flores, antes que você fizesse algum mau juízo a meu respeito, expliquei a ele o ocorrido, liberando-me do segredo, pelo menos em relação a você.

– Mas que misteriosos acontecimentos são esses, que a Leda não me contou nada?

E Lucas, detalhadamente, informou à mulher o problema que os amigos vinham enfrentando, deixando Norma surpresa.

– Por que até hoje Leda não me contou?

– Eles não queriam devassar esse assunto, com medo de prejudicar a própria Aninha.

– Mas nós nunca faríamos nada para a prejudicar. Eu acho que pode haver algum exagero nisso. Lembro da festa e também de que não notei nada de estranho acontecendo com a menina naquela tarde. Isso até ficou gravado em mim, porque, lá pelas tantas, vi um grupo de mulheres tentando tranquilizar a Leda, com seus depoimentos sobre o imprevisível comportamento das crianças. Confesso que cheguei a considerar a inquietação dela um exagero. Tudo estava me parecendo correr de forma perfeitamente natural, na ocasião.

– Mas, realmente, como você pode ver pelo que acabo de lhe contar, não era exagero dela, não. Mãe é mãe e suas desconfianças estavam plenamente fundamentadas. Não sei através de que detalhes ela percebeu que algo de muito grave estava se passando com Aninha, o fato é que estava certa. Tanto que, agora, estão se defrontando com um problema sério que presumivelmente vai terminar no consultório do dr. Dirceu, um psicólogo lá do hospital em que Otávio trabalha.

– Mas o que deu errado na ida de vocês à floricultura? Não era o mesmo homem que estava na festa e que foi reconhecido pela Aninha?

– Era. Só que, uma noite dessas, ela acordou a casa inteira gritando numa histeria total. Teve um pesadelo, no qual um tal de Alfredo estava vindo atrás dela para matá-la.

– Que horror!

– O fato de ter se defrontado de novo com o seu hipotético assassino talvez tenha lhe restaurado o antigo pavor que sentiu algum dia. Otávio me disse que nunca mais suas noites foram normais. Os sonhos que anda tendo devem ser produtos da reativação dessa memória anterior. Ou sei lá que outra coisa possa justificar isso...

– Realmente, uma história muito estranha... Mas o que isso tem a ver com o fracasso da investigação feita na floricultura?... O que descartou a possibilidade de o florista ser culpado?

- O fato de ele se chamar Luiz Tavares. Se a menina diz que o assassino se chama Alfredo, ele foi automaticamente descartado. Apesar da figura lembrar a Aninha o seu algoz, o nome com que ela o denuncia é incompatível.

- Amanhã vou ligar para Leda. Ela deve estar desesperada com essa situação.

- Ela não acredita muito em tudo isso. Acha que pode ter sido influência de alguma coisa que ela viu na televisão e que a impressionou. Acha que, se ninguém der muita importância ao fato, essa fase vai passar.

- Pode ser que tenha razão. Mas garanto que, se isso estivesse acontecendo comigo, se fosse o Carlinhos a viver essa experiência, eu estaria em pânico.

- Porque você acredita em todas essas coisas. É nessa mesma situação que está o Otávio. Ele finge que é por curiosidade, mas, realmente, ele está apavorado com o que possa acontecer à filha. Ou até mesmo com o que já aconteceu, um dia, e ele não estava ao lado dela para protegê-la.

Na manhã seguinte, Leda recebeu um telefonema solidário de Norma, marcando um encontro no pátio do Jardim Escola, para quando fossem deixar os filhos.

Enquanto aguardavam a entrada das crianças, as duas mães conversavam por meias palavras sobre os últimos acontecimentos.

– Aquele dia, ele foi à sua casa acompanhando quem?...

– Acompanhando um tal de Augusto.

– Carlinhos se dá muito com um garotinho daqui chamado Augusto. Vai ver que é o mesmo.

– Ele está por aqui, agora?

– Deve estar. Está quase na hora de eles entrarem. Vamos ver. Carlinhos, venha até aqui! – gritou Norma para o filho, que estava um pouco distante.

– O que é?

– Esse menininho que você está brincando é o Augusto?...

– Não! O Augusto é aquele ali, de mochila amarela – informou Carlinhos, apontando um menino de cabelos escuros e olhinhos azuis, acompanhado por uma babá.

– Sei quem é – declarou Leda. – Mas, agora, de pouco adianta. Otávio e Lucas já descobriram quem é o pai dele e onde pode ser encontrado, só que não adiantou de nada.

O nome dele não foi o que ela gritou, apavorada, durante seu pesadelo. Mas até que foi bom as coisas terem se passado dessa maneira, nos obrigando a encarar a situação com mais realismo. O mistério em torno do estranho comportamento de Aninha estava me levando a fantasiar demais sobre o assunto. Amanhã mesmo ela vai começar um tratamento com um psicólogo que trabalha no mesmo hospital que o Otávio e, se Deus quiser, essa fase vai ser superada.

– Você não acredita mesmo que ela possa ser um espírito reencarnado, não é?

– Não! A minha fé não admite isso. Houve momentos em que cheguei a me deixar envolver pelas teorias do Otávio, mas, felizmente, os fatos vieram provar que eu estava certa em ser cética, diante dos argumento que ele me apresentava.

– Engraçado. Eu não tenho qualquer dificuldade em acreditar que essas coisas possam acontecer. Já li tantos casos a respeito, que não alimento dúvidas da veracidade desses fatos.

– Acho fantasia demais supor que, mal nos livramos de um corpo, e já podemos ingressar em outro para prosseguir evoluindo. O que vocês acreditam que exista do outro lado, uma estação de transbordo?

– Uma fantasia até menos absurda do que a de achar que nossos corpos estão preparados para, um dia, reunir os seus infinitesimais átomos, que a esta altura já deverão estar incrivelmente disseminados por todas as partes do planeta, e realizar uma perfeita ressurreição da matéria, no Dia do Juízo Final.

– Isso é verdade. Se a pessoa tem tendência a acreditar em uma determinada coisa, tudo faz sentido de forma rápida e clara. Enquanto isso, parece que as portas que conduzem às teorias contrárias ficam inteiramente fechadas, como se houvesse um interesse inconsciente em boicotar tudo, de forma que nada modifique nossa maneira de pensar. A concepção própria só considera lógicos argumentos que confirmem os pontos de vista já estabelecidos. Você quer um exemplo? Quando Otávio começou a aceitar a ideia de que Aninha tinha sido vítima de um crime, cometido em uma outra encarnação, a primeira coisa que me veio à mente foi um mundo em que as vítimas pudessem voltar para acusar os seus algozes. Os espetáculos que presenciaríamos, se as coisas fossem assim, seriam terríveis... Como não é o que assistimos, em nosso dia-a-dia, considerei a ideia plenamente descartável.

– Você não está levando em conta que nem todos lembram?

– Isso então seria o cúmulo da injustiça. Por que, para alguns, essa lembrança se faz presente, permitindo a formulação de toda uma série de atitudes, inclusive a punição do criminoso, e para outros, não?

– E você pensa que eu tenho essas explicações? Quando muito, acho que só algumas pessoas nascem com essa capacidade, dependendo da necessidade evolutiva de cada um. Mas nem acho que chega a ser um privilégio essa lembrança de vidas passadas. Eu, por exemplo, não gostaria. Já chega ter que cuidar dos problemas desta aqui.

– Foi exatamente o que falei com Otávio, quando propus colocarmos uma pedra em cima de tal assunto. Garanto que, se não falarmos mais nisso, as coisas voltam a ser o que eram antes e vamos poder voltar a viver tranquilos.

À tarde, Norma ligou.

– Aninha lhe mostrou o convite?

– Convite para quê?

– A festa de cinco anos do Augusto, vai ser no próximo sábado.

– E o que tem isso?

– Veja o convite, depois nós conversamos.

Leda foi até o quarto da filha, onde a babá, após o banho da menina, penteava pacientemente os seus cabelos. Como se estivesse interessada apenas em suas atividades escolares, esvaziou a mochila sobre a cama, espalhando blocos, livrinhos, lápis e folhas.

– O que foi que você fez hoje?

– Brinquei de roda, fiz um monte de desenhos, fui a Bela Adormecida da história, briguei com a Carla porque ela queria pegar o meu lápis dourado, e troquei o meu biscoito pelo biscoito de chocolate da Maitê – foi descrevendo Aninha, detalhadamente, enquanto olhava para o teto, como se, lá pelo alto, estivessem sendo projetadas as várias fases do seu dia..

– Mais nada?

– Dormi na esteirinha...

– Não veio nenhum recado para casa? – quis saber Leda, arrumando de volta os objetos na mochila, após examinar todas as coisas, sem encontrar nenhum convite.

– Não – respondeu Aninha, lacônica.

Leda ainda disfarçou por ali, durante algum tempo, depois, retirou-se para o seu quarto, onde a primeira coisa que fez foi ligar para Norma. Queria saber o que havia de tão importante no tal convite, já que a filha, pelo visto, não o tinha recebido, impedindo-a de constatar por si própria.

– Achei que você iria se espantar com o endereço do Augusto – informou a amiga. – Eles moram na av. Gumercindo Paiva de Moraes.

– E o que tem isso demais?

– Não percebeu nada?

– Vai ver que sou muito ignorante, porque não sei o que isso significa.

– Falta alma de policial em você! Essa é a avenida que margeia o lago Jaré.

Norma não pôde ver a expressão de espanto que se desenhou no rosto de Leda, mas pôde perceber, pelo silêncio que se seguiu à revelação, que a amiga tinha ficado inteiramente chocada.

– Não é muito estranho isso? – continuou Norma. – Quando li, associei imediatamente aos delírios de Aninha, de ter morado na casa perto do lago.

– Quando vai ser a festa? – perguntou Leda, recobrando-se.

– No próximo sábado, às dezesseis horas. Não estou entendendo porque sua filha não recebeu o convite. Pelo que soube, o Augusto convidou a turma toda.

– Não tem problema. Vou fazer como se ela o tivesse recebido e convencer o Otávio a irmos a essa festa.

– Não sei se vocês deveriam ir... Acho que poderia ser prejudicial à Aninha.

– Por que você acha isso?

– Ora! Se a presença do tal Luiz a assustou, dentro de sua própria casa, imagine o medo que infundirá nela o fato de se saber dentro da casa dele.

– Sabe que você tem toda razão?... – confirmou Leda, em considerações mais profundas. – Nem sei porque disse isso, tão impulsivamente. Não creio que minha filha, que se escondeu tanto aqui em casa, durante sua festa, pudesse se sentir à vontade dentro da casa daquele homem. Foi melhor mesmo que ela não tivesse sido convidada.

– Mas não vou permitir que você morra de curiosidade. Irei à festa levando o Carlinhos e serei os seus olhos e os seus ouvidos, durante minha permanência naquela casa. Vou inspecionar o ambiente em seus mínimos detalhes. Nada que julgar importante vai ficar fora de minha investigação, e depois lhe informarei sobre tudo.

– Obrigada! Você é uma super amiga – agradeceu Leda, finalizando a ligação.

Mas o que estava realmente acirrada com as últimas novidades,era a curiosidade de Norma e, mal desligou, entrou imediatamente em contato com Lucas para revelar sua descoberta: a casa do Augusto ficava às margens do lago.

Esse detalhe, aparentemente insignificante, já que muitas pessoas moravam por ali, aguçou também o espírito investigativo do marido. Era impossível que tais coincidências não tivessem um ponto qualquer de convergência que merecesse uma apuração mais acurada.

E foi a vez de Lucas associar mais um elo nessa cadeia de dúvidas, comunicando-se com Otávio, a fim de colocá-lo a par dessa nova particularidade.

Aquela noite, o assunto na casa de Aninha, embora de forma velada, foi a festa do Augusto, com todas as suas implicações.

Otávio também concordara em que não deveriam comparecer, mas estava curioso quanto ao fato de a filha não ter sido convidada. Afinal, o menino tinha sido muito bem recebido em sua casa e não via razão para que sua filha fosse excluída das comemorações do seu aniversário.

– Você brigou com Augusto? – perguntou, aproveitando uma pausa nas brincadeiras da filha.

– Não. Ele é muito meu amigo.

– Quantos anos ele faz sábado?

– Sábado, não. Ele faz cinco anos no domingo, mas vai comemorar um dia antes.

– Eu soube que vai haver uma festa...

– É.

– Já que vamos até lá, o que é que você quer dar de presente para ele?

– Nada. Não vou levar nada, porque não quero ir na casa dele. Rasguei o convite.

Leda olhou para o marido, disfarçando a custo a surpresa. Era inacreditável perceber esse tipo de astúcia em uma criança com pouco mais de quatro anos.

- Mas é seu amiguinho, veio à sua festa, por que você não quer ir à festa dele? - continuou Otávio.

- Porque tenho medo do pai dele - disse Aninha, categórica, olhando firmemente os olhos do pai.

- Que bobagem, minha filha. Já lhe disse que às vezes as pessoas sonham coisas e, no dia seguinte, confundem tudo. Terminam achando que o que viram dormindo era verdadeiro. Amanhã mesmo eu vou levar você até um amigo que tenho, lá no hospital. Ele vai lhe falar sobre essas coisas, e você vai ver como está enganada com o pai do Augusto.

- Não precisa. Eu sei que o pai do Augusto é mau! - afirmou Aninha, semicerrando os olhos e dando destaque a cada palavra, numa expressão inteiramente adulta.

Antes que aquele tipo de revelações enveredasse para uma situação insólita, que não sabiam como controlar, Leda desviou a atenção da filha, falando sobre o presente que Norma estava pretendendo comprar para que o Carlinhos presenteasse o amigo. E inventou a história de um carro de bombeiros com luzes, sirenes, mangueiras automáticas que escorriam a água previamente depositada em um reservatório especial... À medida que falava, a menina se encantava com o imaginário brinquedo e as estranhas recordações afundavam em meio às coloridas fantasias infantis.

Pelo menos, por enquanto, ainda havia esse subterfúgio para livrá-los de um confronto assustador com a realidade enigmática que se prenunciava, cada vez com mais evidência.

- Por mais que não queiramos acreditar, existe alguma coisa de muito estranha nesse caso - falou Otávio, já a sós com a esposa, à noite, em seu quarto. - Que criança rasgaria um convite para que os pais não tomassem conhecimento dele, evitando assim uma possível insistência para levá-la a uma festa à qual não quer ir?

- Acho que nenhuma - respondeu Leda, desanimada. - Sem querer falar sobre minhas próprias experiências infantis, porque poderia estar misturando lembranças com opiniões adultas, basta recordar a alegria da criançada, presente às festas que temos comparecido ultimamente. Já pela mobilidade que têm, o quase incontrolável desejo de conhecer e de explorar tudo, ir à casa de alguém se constitui em um chamariz para qualquer criança. Uma aventura. Agora, se acrescentarmos a isso guloseimas e brincadeiras, a atração fica praticamente irresistível. Não posso compreender porque ela não quer ir.

- Realmente, essa atitude de Aninha fica difícil de entender, no mínimo, por duas razões: a primeira delas é essa que você expôs - resistir à festa, com todos os atrativos que oferece em matéria de diversão, e a segunda, pela maturidade com que uma menina tão pequena subtraiu de nossos olhos o convite recebido.

- Eu também achei bem estranho esse comportamento dela. Hoje à tarde, mal a Norma me ligou, procurei em sua mochila e não achei vestígios do tal convite. Ela deve tê-lo rasgado, ainda na sala de aula, para deixar seus pedaços na cesta de lixo de lá.

Estavam nessas considerações quando o telefone tocou. Lucas, com sua alma de repórter, estava curioso sobre a história que se desenvolvia em casa do amigo.

- Norma me falou sobre a localização da casa do florista. Achei estranho que fique às margens do lago... Isso não lhe parece confirmar, pelo menos em parte, os delírios de sua filha?

- Mais estranho ainda é o fato da Aninha não ter trazido o convite da festa para casa, porque continua afirmando que o pai dele é um homem mau e ela não quer ir lá.

- Não sei não!... Mas acho que deveríamos investigar um pouco mais sobre o que há de verdade nisso tudo. Não devemos desistir diante da primeira improbabilidade, não.

- Eu também acho.

- Eu e a Norma já combinamos, vamos levar o Carlinhos ao aniversário do Augusto, e prometemos ficar atentos a tudo.

- Então vamos estar muito bem representados nesta investigação. Melhor até do que se víssemos com os nossos próprios olhos, porque vocês dois são bem mais argutos.

- Vícios da profissão...

Na realidade, Otávio estava certo. Se o casal de amigos tinha uma característica em comum, essa identidade advinha do espírito investigativo. Lucas desde cedo demonstrara sua vocação para o jornalismo e Norma, por sua vez, optara pela área criminal no curso de direito em que se formara, talvez até em memória do pai, o conhecido delegado Silésio Nogueira, morto durante a investigação de um caso de corrupção, quando ela era ainda adolescente.

Por influência do pai, Norma desenvolvera a curiosidade minuciosa de examinar detalhadamente as coisas, investigar casos e seguir pistas que trouxessem esclarecimentos a algum tipo de dúvida criada; com a morte dele e as consequentes diligências que se seguiram, buscando identificar o mandante do crime, essa qualidade foi se intensificando.

Foi uma época terrível aquela. Um golpe impiedoso que apagou sua fase cor-de-rosa dos sonhos e devaneios mostrou que as tragédias também podem acontecer dentro de nossas paredes.

A poucos passos de desvendar toda uma série de falcatruas cometidas contra a fazenda pública, seu pai, um homem íntegro e inflexível, afirmava: "Isto não é um crime comum, tem que ser reconsiderado e classificado convenientemente pela Justiça como um crime hediondo. Muita gente morre por falta de assistência médica, em consequência desses desvios de verbas públicas, cometidos por políticos e funcionários corruptos. Se há roubo seguido de morte, é latrocínio, e tem que ser punido com todo o rigor previsto pela lei."

Infelizmente, uma noite, quando já estava próximo da rua em que morava, o seu carro foi fechado por dois motociclistas e o dr. Silésio, impiedosamente fuzilado.

Por um desses determinismos dos céus, um dos assassinos, na pressa da fuga, acabou derrapando e se estatelando no asfalto, sendo colhido por um carro que vinha logo atrás. Foi recolhido a um hospital e, embora os ferimentos não fossem graves, a polícia pouco lucrou com sua prisão, já que o criminoso não abria mão do seu direito de permanecer calado, não fornecendo nenhuma pista sobre seu cúmplice e muito menos sobre os mandantes do crime.

Os dias que se seguiram foram de busca incansável. Em razão das averiguações sigilosas que vinham sendo efetuadas pelo dr. Silésio, poucos conheciam os meandros do seu trabalho. Foi por essa época que Norma, deixando de lado os arroubos da idade, empenhou-se com total desprendimento em ajudar os colegas do pai, que clamavam por uma punição exemplar para os bandidos.

Foram horas e horas revirando arquivos do computador particular, onde o pai costumava se debruçar, todas as noites, tão logo chegava da delegacia. Até que, afinal, um dia, uma inspiração benfazeja fez com que identificasse a senha, abrindo os mais secretos arquivos e revelando para a polícia todas as provas que vinham sendo coletadas, incriminando uma aparentemente irrepreensível firma construtora, pertencente ao cunhado de um deputado federal.

O que se seguiu foram muitas prisões, uma devassa geral nos negócios escusos da empresa e o despertar definitivo da vocação de Norma. Iria, sem qualquer dúvida, seguir as pegadas do pai.

Mas, tempo vai, tempo vem, e, durante a faculdade, conheceu Lucas e o amor foi mais forte do que todas as suas predisposições iniciais.

Terminou o curso, casou-se, e o máximo que fez, dentro da profissão, foi um concurso para a Defensoria Pública, em virtude de ter engravidado logo e preferir as delícias de cuidar do Carlinhos que perseguir bandidos.

Mas, lá no fundo, bem no âmago de sua alma, a velha tendência policialesca continuava vibrando e parecia querer se reabilitar agora, em razão das desconfianças surgidas com os problemas na casa de Otávio e Leda.

As recentes restaurações de antigas lembranças pareciam estar provocando em Aninha um inevitável descontrole emocional. Era uma personalidade nova que surgia, por vezes medrosa, preocupada, tensa, evidenciando reações diversas das que costumava ter, em surpreendentes atitudes bruscas e, até mesmo, de certa forma, intelectualizadas, em um comportamento nunca antes percebido por seus pais. O sono da menina também havia se tornado agitado e, não raro, eles, preocupados e impotentes, apreciavam, ao lado da cama, seus gemidos e gestos angustiados, sem encontrar um meio de apaziguar os seus inalcançáveis conflitos.

O fato de ter sido convidada a explicar claramente a razão pela qual não trouxera o convite para a festa do Augusto deve ter feito com que as lembranças, responsáveis por essa recusa, se aprofundassem mais que o normal, provocando, na hora da contundente resposta, uma agressiva expressão em sua fisionomia. Mas os reflexos não se limitaram apenas a isso. Durante a noite, o sono de todos foi várias vezes interrompido pelos pesadelos de Aninha, que acordava aos gritos, temendo as agressões de um imaginário Alfredo.

Quando amanheceu, Otávio ligou para o Dirceu, marcando uma hora e, logo pela manhã, quando foi para o hospital, já seguiu acompanhado pela esposa e a filha.

Enquanto Leda e Aninha esperavam na antessala, Otávio entrou para colocar o amigo a par dos mais recentes acontecimentos. Parecia que a filha vinha piorando a cada dia, reforçando lembranças que, positivamente, não eram do seu diminuto passado, e tal situação o estava deixando desesperado.

Dirceu era um homem talhado para a profissão que escolhera. Um tom alourado nos cabelos encaracolados, estatura mediana, olhos azuis, fisicamente bonito, o que já era meio caminho andado para a empatia com a maioria dos pacientes, cujo inegável prazer de olhar o belo é quase magnético, enfraquecendo reservas, incentivando a identificação e a confiança para incontroláveis desabafos. Nas crianças, então, aquela cara de anjo barroco, perfeitamente em acordo com sua voz suave, parecia um convite ao crédito total e à identidade perfeita.

Principiando a consulta, Dirceu permitiu, por algum tempo, que os pais ficassem na sala, até se estabelecerem entre ele a nova cliente os laços iniciais de credibilidade. Depois, a um sinal, Otávio levou Leda para fora, com a desculpa de visitarem uma ala da clínica, onde estava internado um amigo de ambos, e Aninha ficou a sós com o psicólogo.

Andando pelo corredor, o pai pensava em sua filha, tão pequenina, vítima de lembranças tão nebulosas, sendo obrigada a experiências impensadas até há poucos meses. E, em sua imaginação, revia a última visão que lhe ficara da filha, sendo deixada a sós com o amigo, para que tentasse descobrir o caminho por onde pudesse transitar sua salvação: sentada na poltrona, as perninhas esticadas no assento, as mãozinhas esforçando-se para se apoiarem convenientemente nos largos braços de uma poltrona própria para adultos, os cabelos escuros, contrastando com o estofamento amarelo e, acima de tudo, o olhar interrogativo com que os acompanhara, até que a porta se fechasse.

O que estaria pensando daquele procedimento? Os pais saindo da sala e deixando-a naquele ambiente estranho, com um 'tio' que mal conhecia?... E Dirceu, será que conseguiria alguma coisa com essa primeira consulta?

No interior do consultório, com a experiência que lhe era peculiar, o médico se pôs a anular os desníveis daquele abismo entre idades e intimidade, que só um relacionamento bem sedimentado pelo tempo costuma proporcionar.

A título de descontração, ofereceu à menina papel e uma infinidade de lápis coloridos, que pareceram não interessar à pequenina e receosa cliente.

E as perguntas foram lentamente forçando as portas daquela delicada consciência, buscando permitir a passagem de relatos importantes, a possibilitar o encontro de soluções para os problemas que vinham se apresentando. No princípio, apenas uma sondagem de terreno, na amabilidade natural capaz de eliminar desconfianças, em continuação, tornando-se cada vez mais específicas às finalidades desejadas.

– Por que você não quer fazer uns desenhos para mim? Tenho muitos desenhos em minha casa feitos por crianças que me visitam.

– Porque eu não estou com vontade – respondeu com seriedade a menina.

– Você estuda?

– Estou no jardim.

– Já sabe ler?

Aninha riu: – Ainda não. Eu sou pequenina. Só quando eu tiver seis anos – disse, abrindo as duas mãos, uma com todos os dedos estendidos e a outra só com o indicador esticado, para complementar o numeral.

Dirceu começou a perceber uma menor resistência na atitude de Aninha...

– Você gosta de sua escola?

– Eu gosto. Lá tem uma porção de amiguinhos com quem eu posso brincar.

A descontração que constatava aumentar aos poucos, prenunciava que talvez já pudesse se aventurar a umas perguntas mais diretas sobre o assunto que desejava atingir...

– Eu soube que sábado vai ter uma festa, na casa de um dos seus coleguinhas. É o aniversário do Augusto, você vai?

O semblante de Aninha se encrespou. – Não! – respondeu apagando o sorriso de descontração que tinha começado a imprimir na face.

– Você não gosta dele?

– Dele eu gosto. Mas não quero ir na casa dele.

– Eu, quando gosto de alguém, acho muito agradável ir, de vez em quando, visitar essa pessoa.

– Mas eu não quero ir – respondeu séria, como se encerrasse um assunto desagradável.

– Já sei. Ele mora longe e a casa dele é feia. É isso? Por isso que você não quer ir?

– Nada disso. Mas eu não quero falar o que é.

Dirceu viu que dessa forma não conseguiria nada da menina.

Abriu a gaveta e tirou um pêndulo de cristal que mostrou a pequenina paciente.

– Você já viu um cristal, antes, Aninha? Viu como quando a luz bate nele, ela se transforma em muitas cores?

– Não! – respondeu a menina curiosa, voltando a descontrair a expressão.

– Olhe bem aqui neste ponto, que você vai ver uma porção de cores surgindo – informou o dr. Dirceu, impulsionando ligeiramente o fio de prata que tinha entre os dedos, fazendo com que, lentamente, o cristal começasse a oscilar.

– Veja esse azul – falou Dirceu num sussurro, continuando depois, no mesmo tom monocórdio... – Esse azul... esse azul... esse azul...

Por muito pouco tempo Aninha acompanhou aquele movimento; suas pálpebras foram se fechando e o corpinho, até então um pouco tenso, relaxou na poltrona, deixando pender a cabeça sobre o ombro esquerdo.

– Aninha – falou Dirceu num sussurro –, por que você não quer ir à festa do Augusto?

– Porque o pai dele é mau.

– Como é que você sabe que ele é mau?

– Porque ele me matou, um dia.

– Pode me contar como foi?

– Não sei mais. Só sei que eu era grande e ele me amarrou e jogou no lago.

Com uma voz monocórdia, Dirceu começou a falar baixinho e repetidamente.

– Isso nunca aconteceu nessa sua vida, Aninha... Foi apenas um sonho... Agora é que você fez quatro anos... É uma garotinha muito bonita que ainda vai crescer, um dia... Essa história do pai do Augusto não aconteceu na sua vida atual... Foi tudo um sonho mau que você vai esquecer... Não vai mais se lembrar disso... Não vai mais se lembrar disso...

E Dirceu, cuidadosamente, foi imprimindo no inconsciente da menina imprescindíveis comportas a fim de estancar possíveis ondas de lembranças que pudessem prejudicar a normalidade do seu desenvolvimento.

Algum tempo depois, quando instada por Dirceu, Aninha abriu os olhinhos. A primeira coisa que fez foi se esticar na poltrona, refazendo sua postura anterior. Depois, justificou.

– Acho que eu dormi. Não vi cor nenhuma na sua pedrinha.

– As cores apareceram. Você é que não deve ter prestado atenção.

– Cadê o papai e a mamãe?... Eles estão demorando.

– Já devem estar chegando. Informou Dirceu tranquilizador. A visita que eles foram fazer já deve estar terminado.

Como para confirmar, a porta se abriu e os pais entraram. O tempo da consulta estava acabando. Leda, embora cheia de curiosidade por não poder ser informada, naquele momento, sobre o que Dirceu conseguira em seu primeiro contato, levou Aninha para casa. Otávio acompanhou-as até o estacionamento e voltou rápido para conversar com o amigo.

Então?... O que conseguiu?

– Apenas o que vocês já sabiam. Mesmo hipnotizada ela recorda muito pouco do incidente. Mas confirma que foi assassinada pelo pai do Augusto e que ele a amarrou e jogou no lago.

– Esse detalhe é novo. Ela nunca falou sobre isso. Quando dormindo, ela já contou sobre o fato de estar correndo, perdida em meio a um lugar cheio de mato, pelo visto, à noite, pois reclamava da escuridão reinante, mas, que foi afogada, é a primeira vez. Agora, vê se as pedras desse quebra-cabeça não se encaixam?... Não é estranho que o tal Luiz Tavares, o floricultor pai do Augusto, more na av. Gumercindo Paiva de Moraes, a avenida que margeia o lago Jaré?

– Realmente, acho que são pistas que não podem ser desprezadas. Tem alguma coisa nessa história que deve ser investigada.

– Você acha que nós devemos convencê-la a ir, no próximo sábado, à festa do Augusto, para podermos checar melhor se há alguma verdade em suas lembranças?

– Acho que não. Não sabemos ainda o que poderia suceder se a realidade se apresentasse de repente para ela, com a força da tragédia que a teria abatido em outra vida.

Ela é muito pequena. Tem que ser resguardada da possibilidade desse tipo de choque.

- Vamos então ter que continuar tentando despertar sua memória, aos poucos, através de sessões de hipnose?

- Não queremos despertar sua memória. Ela não faz parte de sua nova vida. Queremos apenas conhecer os antecedentes desse caso, para melhor livrá-la desse desconforto.

- E se, como acredita Leda, essas coisas forem produto de algum filme que ela tenha assistido ou de algum forte pesadelo, que tenha se registrado mais intensamente em sua memória, fazendo com que o associe agora a fatos reais?

- Não creio, pelo que ficou comprovado aqui, hoje. Os estudos sobre a hipnose já demonstraram ser mais fácil que uma pessoa, em transe, distinga com precisão os fatos reais, dos imaginários. Por isso acredito que realmente, alguma coisa de grave aconteceu no passado desse ser, que nós conhecemos hoje por Aninha, e que, esses retalhos de lembrança, que teimam em vir à tona, têm que ser isolados, sob pena de provocar muita confusão psicológica nessa menina.

Otávio deixou o consultório de Dirceu arrasado. As quase certezas que tinha estavam fortalecidas, mas as dúvidas e o temor lhe surgiam agora com maior intensidade. Nem bem chegou à sua sala, foi avisado pela atendente que sua esposa já ligara duas vezes e deixara o recado para que, assim que ele retornasse, entrasse em contato com ela.

Disfarçando uma tranquilidade que estava longe de sentir, ligou para mulher, dizendo que, tirando as coisas que a filha já falara, nada fora acrescentado. Não era justo deixar Leda vivendo uma expectativa, sem ter com quem desabafar. À noite, conversaria melhor com ela.

Até a chegada do sábado, os dias foram de intensa confabulação entre Lucas, Norma, Otávio e Leda. A cada minuto era aventada uma nova hipótese e intensificada novas linhas de investigação. Essa oportunidade que surgia, em tão boa hora, não poderia ser desperdiçada. Assim foi que, na tarde da festa, o entusiasmo de Carlinhos não chegava nem aos pés da expectativa que agitava seus pais. Eles é que pareciam os convidados a participar de um grande evento.

E o tempo, que passa célere quando se precisa que demore e lentamente quando se tem muita pressa, terminou mostrando que, qualquer que seja o caso, sempre chega na hora. Experimentando um certo alívio, por poder começar a pôr em prática os planos traçados para perscrutar a vida do dono da floricultura, Lucas, assumiu a direção do carro, levando a mulher e o filho, e se dirigiu para a av. Gumercindo Paiva de Moraes.

O Floresta era um bairro antigo, lugar privilegiado, protegido ao Norte por uma cadeia de montanhas, sintetizava o sonho de todo ecologista, pelo vigor de sua vegetação luxuriante. A expressiva gama de tons, na larga extensão do verde, beneficiada por uma constante umidade oriunda do lago, só era quebrada pelo espelho das águas do Jaré, que, apesar de não ser muito extenso, refletia o esplendor de um dia inteiramente azul, em suas águas puras que chegavam ininterruptamente do alto da serra, trazidas pelo rio Tramandaí.

As casas da avenida de contorno eram velhos e imponentes solares, em regra geral, construídos no princípio do século XX, quando o plantio de café havia feito consideráveis fortunas, parte da qual fora transformada em regalias para a família dos fazendeiros. Nessas luxuosas mansões edificadas na cidade para o maior conforto de seus proprietários, muitos ostentavam suas posses, utilizando-as para períodos de comercialização de seus produtos, férias, ou mesmo a estada dos filhos nos centros mais evoluídos, durante os períodos escolares.

Apesar da marca dos anos, evidenciada nas formas arquitetônicas, notava-se nelas as características originais, preservadas pela conservação das pinturas, telhados e escadarias de mármore, além do cuidado manifesto nos jardins circundantes, onde os bem delimitados canteiros ostentavam o colorido das mais diversas flores.

Lucas e Norma já haviam passado por aquele local várias vezes, mas nunca dispensando tanta atenção quanto agora. Esta era uma vistoria especial, muito diferente de qualquer outra que já tivessem feito, pois tinha um cunho detetivesco, em razão de se sentirem obrigados a buscar indícios reveladores, que pudessem estar ocultos por qualquer canto daquele cenário.

Segundo tudo indicava, naquele lago, uma pessoa fora afogada, pela loucura assassina de um celerado.

Nem precisavam conferir a numeração para detectar a casa do Augusto, o vozerio das crianças se elevava no ar, espraiando-se pela redondeza, quebrando o silêncio reinante e anunciando o local da festa. Lucas estacionou um pouco distante, vista que as vagas próximas tinham sido ocupadas pelos convidados que o antecederam. Seguindo de perto Carlinhos, que sobraçava, orgulhosamente, o embrulho do presente, o casal caminhou até o portão, que uma criada se antecipou a abrir, antes que pudessem tocar o pequeno sino de bronze que pendia do pórtico, para anunciar suas presenças.

Mal entraram e a atenção de Luiz Tavares convergiu para eles. Acompanhado por uma bela jovem e por Augusto, aproximou-se rápido para as honras da casa.

– É um prazer recebê-los. Esta é Viviane – disse, apresentando a moça.

– Muito prazer! Viviane Mateus – cumprimentou a jovem com um sorriso angelical, estendendo a mão que foi efusivamente apertada por Lucas e Norma.

Mas a atenção do grupo foi logo desviada para a alegria de Augusto, interessado em se desvencilhar do papel que ocultava o presente entregue por Carlinhos, e seu entusiasmo posterior, ao deparar com o carro de bombeiros que, felizmente, Norma terminara encontrando, para que nada soasse falso aos ouvidos de Aninha.

– Sintam-se à vontade – despediu-se temporariamente o anfitrião, enquanto se encaminhava para o portão, com a mulher, a fim de recepcionarem novos convidados que acabavam de chegar.

Lucas e Norma se encaminharam para uma parte do jardim especialmente dedicada aos pais, e inteiramente resguardada do rebuliço infantil, e se entrosaram, imediatamente, em meio aos adultos presentes, conhecidos de festas similares ou mesmo de outros tipos de reuniões sociais. Enquanto isso, a criançada dava vazão à sua liberdade, rodopiando em brincadeiras previamente elaboradas por recreadoras especializadas, nas alamedas circunvizinhas.

Moça bonita a mãe do Augusto! – comentou Norma, dirigindo-se a uma das mulheres com quem sempre tinha contato, ao levar o Carlinhos para o Jardim Escola.

– Por isso é que ninguém a tinha visto até hoje. Dizem que ele é muito ciumento – comentou a outra, mexericando.

– Com licença – pediu Lucas, afastando-se para se juntar a um grupo de homens que tomavam cerveja em um canto.

Mas a finalidade real do seu afastamento foi o desejo de não constranger a interlocutora da esposa. Sentiu que Norma havia parado com a pessoa certa para colher as informações desejadas. Era justo que ele, por sua vez, procurasse outras fontes disponíveis.

– Mas, Marina, me conta como você soube que ele é ciumento? – perguntou Norma, lançando a isca para a inconfidência da outra.

– Foi um comentário que ouvi, outro dia, lá na escola, na reunião de pais. Como ele sempre se apresenta sozinho nessas horas, criou-se uma curiosidade em relação à mãe do Augusto e alguém comentou que era muito bonita e, por isso mesmo, uma verdadeira prisioneira. Não vai a nada por causa do ciúme que ele tem.

– Que coisa horrível!.. Tanto charme escondido entre quatro paredes?...

– Deve ser por causa da diferença de idade. Ele deve ter uns quarenta e dois anos e ela, quando muito, tem uns vinte e cinco – comentou outra das mulheres participantes da roda. – Quase vinte anos complica bem um relacionamento.

– Não acho tanto disparate assim. Mas, engraçado... – voltou a falar Norma –, estou lembrando que, há algumas semanas, ele esteve presente na festa de aniversário da filha de uma amiga, levando o Augusto, mas a esposa não o acompanhou.

– Não disse! – voltou a falar Marina. – Ela é uma verdadeira prisioneira. Nem sei como ele está dando esta festa aqui, hoje, e exibindo sua preciosidade para tanta gente.

Lucas, por seu lado, começou a conversa entre os homens usando o mesmo mote da esposa.

– Que moça bonita a mulher do Luiz.

– É linda mesmo! Você deve lembrar dela, Lucas – afirmou Olavo. – Ela foi modelo profissional, há uns seis, sete anos. Se não me engano, foi exclusiva das lingeries "Top secret". Tem um corpo escultural.

– Não sei como esse cara, um floristazinho qualquer, conseguiu acertar a loteria de conquistar esse 'avião' – comentou Cristóvão, um velho amigo de Lucas, extravasando sua inveja.

– Soube que você andou arrastando a asa para ela, mas seus milhões não a atraíram, verdade? – quis saber Olavo.

– Está doido! Se eu tivesse entrando na competição, não tinha pra ninguém. Não ia perder para um floristazinho. E tem mais... Eu nem sabia que ela vivia aqui na cidade. Lembro dela nos *outdoors*, nas revistas e mais nada. Nunca me interessou, além disso. Para falar a verdade, nem me dei conta de que ela tinha sumido. A carreira dessas meninas é tão transitória, surgem e desaparecem como por encanto.

– Agora. Tem uma coisa que você está completamente enganado – adiantou Olavo –, se tivesse entrado nessa competição ia perder, sim! Ele não é só esse floristazinho que você pensa, não. É um cara muito rico.

– Agora, tem-se a prova evidente do porquê desses desaparecimentos: arranjam um milionário e se casam. Em resumo, trocam de profissão de modelo para madame.

– Puxa vida – criticou Lucas –, vocês são dois caras extremamente venenosos. Já estão dizendo que a moça casou por interesse. Que tanto dinheiro esse Luiz pode ter assim?

– Ouvi dizer que ele é bem rico, mesmo – afirmou Olavo.

– Com aquela floricultura? – oi a vez de Lucas se mostrar incrédulo.

– Dizem que ele tem uma fazenda fantástica, com milhares de cabeças de gado, no município de Pedra Branca, e um laticínio de renome. Aquela floricultura é apenas *hobby*.

A conversa estava sendo lucrativa. O casal já havia recolhido várias informações, quando chegou a hora do bolo, e foram todos convidados a passar ao salão.

Ali, ficavam confirmadas as afirmativas sobre a riqueza do anfitrião. Tudo que havia na ampla sala, a começar pelos reposteiros, entendendo-se por tapetes, pratarias, quadros, o afresco do teto, o lustre de cristal, os tocheiros de prata presos às paredes, falava de suntuosidade.

Realmente, não bastasse o bairro nobre ou a configuração do solar, aquele salão, por si só, seria um perfeito cartão de visitas, para anunciar a categoria de seu proprietário.

Dali pra frente, foi dada uma pausa em torno da vida particular do anfitrião. O que mais pudessem colher teria que vir de forma natural. Sem que parecessem por demais interessados.

Otávio e Leda mal conseguiam dissimular a ansiedade com que aguardavam a chegada da noite e, com ela, o final das comemorações do aniversário do Augusto para poder telefonar aos amigos e saber o que tinham conseguido colher de interessante, no reduto do suspeito.

Nem foi preciso. Ao saírem da festa os dois não resistiram e foram direto contar as novidades.

Com todas as minúcias possíveis, descreveram cada momento e cada lugar por onde tinham estado e, é claro, os maiores detalhes ficaram para a descrição da esposa do anfitrião.

– Bela mulher – falou Lucas. – O comentário é que foi modelo bastante em evidência, há coisa de uns seis, sete anos.

– Qual o nome dela? – quis saber Leda.

– Viviane Mateus – acrescentou Norma.

– Ué! Eles não são casados? – estranhou Otávio. – Se o sobrenome dele é Tavares, como pode o sobrenome dela ser Mateus?

– Positivamente, você, como médico, é muito mais jornalista do que eu, hein, amigo! Sabe que nem me dei conta desse detalhe? Também, na hora em que fomos apresentados, tínhamos acabado de chegar. Estávamos tão propensos a reparar em tudo, que acabamos deixando passar essa pista. Acho que você tem razão. É um pouco estranho que a jovem não tenha o mesmo sobrenome dele.

– Tem mulheres que não admitem mudar o próprio nome, em razão dos transtornos para feitura de novos documentos – considerou Leda.

– Mas não a mulher de um homem possessivo e ciumento, como no caso em pauta – discordou Norma.

– Até que o camarada é ciumento vocês descobriram? Pelo visto, o dossiê veio completo, então – comentou Otávio.

– Não tanto quanto gostaríamos, mas que ele é ciumento, isso foi voz geral em todos os grupos com o qual conversamos. Dizem que ela não sai, praticamente, para nada e nem recebe visitas. Vive trancafiada naquela gaiola dourada. A festa de hoje foi uma exceção que ele deve ter aberto, com certeza, para agradar o filho, que tem visto essas comemorações nos aniversários dos coleguinhas – confirmou Lucas.

– Mas que é uma senhora gaiola dourada, lá isso é! – acrescentou Norma. – Um luxo! Vocês nem imaginam. É bem verdade que nada se compara à liberdade, mas aquela casa é uma riqueza...

– De que adianta, se você não pode usufruir todo o fausto de um tal ambiente, recepcionando os amigos. Só para polir a prataria e lavar os cristais? – comentou Leda, com desprezo. – Não faria questão de tê-los.

– Esse detalhe da riqueza é um ponto a ser considerado... Segundo o comentário de vocês, o testemunho de vida dado pelo tal Luiz é de ser um homem bastante rico. Agora, vocês não acham estranho que o dono de uma simples floricultura, tenha esse patrimônio todo? – perguntou Otávio.

– Alguém levantou a mesma dúvida, durante a festa. Foi então que fiquei sabendo que a floricultura é apenas um *hobby*. Ele tem uma grande fazenda de gado, em um município vizinho, e um laticínio para escoamento da própria produção. Aquele solar onde eles vivem é resquício ainda das grandes fortunas feitas no tempo do café – adiantou Lucas.

– Não sei, não! Mas eu acho que essa história ainda tem muitos pontos obscuros... Muito dinheiro costuma colocar as pessoas em evidência, quer queiram ou não, e, ao que me parece, esse Luiz Tavares é pouco conhecido. Não é dado a frequentar reuniões sociais, como a maioria dos milionários que conhecemos – comentou Otávio, pensativo.

– Concordo com você. Eu também não estou, totalmente, satisfeito com essas informações que colhemos, hoje. Mas, para quem estava tateando em uma total falta de conhecimento sobre o nosso suspeito, acho que as pistas que conseguimos detectar, durante a festa, são fios de uma meada que podem ser melhor investigados. Amanhã, vou ao arquivo do jornal para ver se descubro alguma coisa além.

– Bem pensado. Acho que, se nos detivermos em uma investigação nos últimos dez anos, podemos conseguir alguma coisa elucidativa – apoiou Otávio.

– Eu continuo achando que deveríamos tentar esquecer este assunto. O tal Luiz tem uma vida familiar normal, o Augusto, pelo que vocês contaram, é uma criança feliz, e a Aninha já está sendo cuidada pelo dr. Dirceu. Acho que isso basta para nos satisfazer.

– Para mim, não! – retrucou Otávio. – Enquanto minha filha acordar no meio da noite, gritando com medo da perseguição daquele homem, eu vou querer investigar os motivos de tal desespero.

– Estou com você – apoiou Lucas. – Acho que a verdade tem que prevalecer. Se aconteceu alguma coisa, em um passado recente, que foi encoberta por dissimulações, é nossa obrigação tentar descobrir. Até mesmo porque parece que estamos sendo induzidos por alguma força superior a nos posicionarmos nessa direção. Estas pistas que nos estão sendo fornecidas têm que ter algum significado e eu acho que o Universo está conspirando, para fazer com que um certo sujeito não fique impune.

– Já comentei com Otávio que considero isso uma bobagem. Se o espírito de todo mundo que morre assassinado reencarnasse aqui para exigir a punição de seu algoz, isto aqui seria um inferno – considerou Leda. – Uma onda de vingança, incontrolável.

– E talvez termine sendo... – aventou Norma. – Já pensaram que esta é uma boa explicação para a violência, inveja, ódio, guerras, roubos, estupros, falcatruas, traições, pilhagens, calúnias, em resumo, todo esse lado negativo do homem, exposto com desdouro pela história do mundo. É um comportamento que bem pode ser associado à desforra.

– Isso seria um ridículo círculo vicioso. Você me mata e eu, na primeira oportunidade, volto aqui para lhe matar. Não aceito isso, seria um processo sem fim – discordou Leda.

– Você não está considerando nossa evolução natural. Vamos analisar pelo caso da Aninha. No momento em que ela se lembrou do crime, até fugiu do assassino. Já sabe que ele é mau e não quer nenhuma proximidade com tal criatura, tanto que até preferiu se privar de ir a uma festa, para não ter que reencontrá-lo – explicou Otávio. – Agora, nós, pelo nosso lado, sabemos que, se o conhecimento desse caso nos está sendo dado, é para que possamos buscar a verdade, dando ao criminoso a oportunidade de se confrontar com o seu erro. Mas ninguém aqui está pensando em cometer um crime igual. Queremos apenas que ele seja julgado pela Justiça.

– Mas esse não é o comportamento usual. É um procedimento de poucos – retrucou Leda.

– Mas não importa que façamos parte da minoria. Vamos nos limitar a denunciá-lo para que a Justiça decida o melhor a ser feito. E, para que tudo dê certo em nossa decisão, o que temos a fazer por hoje é irmos para casa. Já confabulamos demais sobre este assunto, que, aliás, levou praticamente todo o meu sábado – falou Lucas, dando por encerrada a visita. – Segunda-feira, quero estar bem disposto e a postos, pronto a me aprofundar nos meandros dessas novas pistas que conseguimos..

Mas a cabeça de Otávio não conseguia adiar os pensamentos. Mal os amigos se retiraram e lá foi ele se trancafiar na pequena biblioteca que tinha em casa para procurar nos canais de busca da internet quem era Viviane Mateus.

Não era um nome incomum e, sendo assim, encontrou várias Viviane Mateus. Atletas, poetisa, escritora e, finalmente, modelo.

A descoberta quase não deu para entusiasmar, em razão dos poucos subsídios apresentados. Algumas campanhas publicitárias de sucesso, relativas à sua atuação no mundo da moda, mas por curto período, dos dezessete aos vinte anos. E mais nada. Como se ela tivesse desistido da carreira há quase cinco anos. Só podia ser a mesma, a configuração era perfeita. Participou de campanhas das lingeries "Top Secret" e abandonou a carreira. Era ela, sim, mas, e daí. O que fazer com essas informações. Apenas conjeturar...

O que levaria uma moça, com esse tipo de vocação, já tendo desfilado em Paris, Milão e Tóquio, numa significativa demonstração de ascensão profissional, a desistir de sua carreira?... Só podia ser o casamento. Mas por que razão o marido teria permitido que a esposa não usasse o seu sobrenome, se era um cara tão possessivo quanto diziam?...

Um homem evoluído, entenderia que, determinadas mulheres atualmente, as mais feministas pelo menos, não gostam muito de ostentar um sobrenome que não seja o seu próprio. Interpretam essa tradição como uma invasão à sua individualidade. Consideram suficientes os sobrenomes que têm, não vendo qual a razão para lhes acrescentar o nome do marido, o que lhes figura até como um sentido de marca, dessas que se costumam conferir ao gado para designar propriedade. Isso, um homem evoluído entenderia; mas nunca um homem primitivo, desses que trancam as mulheres em casa, pelo receio de perdê-las.

Na linha desse raciocínio, chegou à definitiva conclusão de que eles não eram casados.

Ligou para o amigo.

– Lucas, você não sabe a que conclusão cheguei sobre o relacionamento daqueles dois.

– Que dois?

– O Luiz e a Viviane...

– Puxa, cara! Desliga, pelo amor de Deus! Você vai terminar maluco. Saímos daí agora mesmo e você já tem novas teorias a acrescentar ao caso...

– Deixe de fazer média! Garanto que também não conseguiu esquecer o fato. Somos muito parecidos e, quando cismamos com alguma coisa, nada fica de lado até sua elucidação.

– É verdade, Otávio, estou brincando mesmo. Esse caso está me pondo caraminholas na cabeça. Vira e mexe e volto a ele. Mas qual foi a conclusão a que chegou?...

– Assim que vocês saíram, entrei na internet para pesquisar alguma coisa sobre a tal modelo.

– E tem lá o nome dela?

– Claro que tem! Não se esqueça que estamos chegando na era do "Grande Irmão", em que ninguém vai permanecer anônimo, ainda mais quando em alguma fase da vida faz uso da mídia para se promover. Aí mesmo é que se torna um livro aberto ao populacho.

– E o que encontrou?...

– Não muito, mas o suficiente para desconfiar. Há quase cinco anos ela abandonou uma carreira de sucesso, até com apresentações no exterior e sumiu de circulação. Conclui-se com isso que deve ter sido por um casamento. Só que não se casou. Aquele homem, que vocês constataram ser ciumento, jamais admitiria que sua mulher não tivesse o seu sobrenome.

– E daí... Você já disse isso, quando notou a diferença de sobrenomes.

– Daí é que fiquei considerando que ele não se casou com ela porque não pode, por isso fica obrigado a mantê-la afastada de todos, com medo de perdê-la.

– Não entendi, ainda, esse seu raciocínio. Não pode, por quê?... O que o impede?...

– Mas está muito claro. Ele não pode se casar porque a primeira mulher dele desapareceu e seu corpo ainda não foi encontrado. A lei, nesses casos, exige que sejam transcorridos dez anos para configurar a morte do ausente.

– Tem lógica! Além do que, nos dá um subsídio ótimo para pesquisar se alguma mulher foi dada como desaparecida por aqui, nesse mesmo período, entre cinco e quatro anos atrás.

– Essa parte vai ser com você, que tem os arquivos do jornal à sua disposição.

– Pode contar que o farei. Agora, vá dormir, cara! Se continuar com essa ideia fixa, vamos acabar tendo que interná-lo em um hospício, antes de internar o Luiz Tavares em uma prisão.

O domingo passou com outros assuntos sendo abordados pelos quatro, que se juntaram no clube, mas em tácita convenção de uma trégua nas investigações. É bem verdade que os incontroláveis pensamentos terminavam voltando à questão, mas um policiamento severo os impedia de quebrarem o compromisso.

Mas, na segunda-feira, tudo voltou com carga total. Norma, levando o Carlinhos à escola, ao ver Augusto acompanhado da babá, aproximou-se mais que depressa, com a intimidade de quem tinha participado da festa, para entabular conversa.

- Então, Augusto, gostou dos presentes?

- Gostei - respondeu lacônico o menino, enquanto tirava do bolso uma tartaruguinha eletrônica que tinha ganho, para mostrar ao Carlinhos.

E enquanto os dois aguardavam a sineta que abriria os portões, correndo pelo pátio fronteiro à escola, atrás do minúsculo e fosforescente brinquedinho, Norma aproveitou para conversar com a babá.

- Por que a mãe do Augusto nunca vem até a escola para trazer o filho? Gostaria de conversar melhor com ela. Durante a festa não tive essa oportunidade. Sei que, nessas ocasiões, a dona da casa fica obrigada a se desdobrar para atender a todos, não podendo se deter com nenhum dos convidados, em particular, e eu não quis atrapalhar.

– Ela não costuma sair porque gosta muito de ficar em casa, pintando quadros.

– Ah! Ela é pintora?

– É, sim senhora.

– E são bonitos os quadros que ela pinta?

– Eu não entendo muito, mas acho os quadros dela lindos.

– Gostaria de vê-los. Ela vende para alguma galeria?

– Não sei.

Nesse ponto tocou a sineta e Augusto, guardando a tartaruguinha eletrônica novamente no bolso, encaminhou-se para o portão de entrada, enquanto Carlinhos voltava rápido para um beijo em sua mãe e corria a seguir o amigo, proprietário daquela preciosidade que se arrastava pelo chão, tal se fora uma tartaruga de verdade, com a vantagem de ter lampejos coloridos e não precisar preocupar o dono com a sua comidinha de todos os dias.

Nesse momento, Norma viu Leda, que trazia Aninha, e se encaminhou em sua direção.

– Sabe o que descobri, conversando com a babá do Augusto?

– O quê?

– Que a Viviane é pintora. Agora tenho uma justificativa para ligar para ela.

– Acho que vocês três estão ficando completamente loucos. O que tem isso de interessante no contexto?

– Estou buscando intimidade... Desabafos, minha querida... Se não pudermos nos aproximar, nunca vamos descobrir nada.

– E de que vai lhe adiantar essa informação dada pela babá? Como você vai transformar isso em intimidade?

– Já engendrei um belo plano. Vou ligar para Viviane, aproveitando essa afinidade existente entre nós. Como você sabe, eu também gosto de pintar, e essa identidade surge como uma oportunidade de ouro, a permitir que eu possa estabelecer um contato, da forma mais natural possível. Afinal, temos alguma coisa em comum...

– Sabida, hein, senhora!!! Quero ver onde isso vai dar.

– Onde vai dar, não sei. Mas sei por onde vou começar. Vou perguntar se ela tem algum *marchand* que possa me apresentar, para poder expor minhas telas.

E as duas amigas se despediram. Uma, esfuziante por exercitar sua veia detetivesca, a outra, embora satisfeita em comprovar a dedicação dos amigos, completamente descrente da utilidade de tais medidas.

A primeira coisa que Lucas fez, ao chegar ao jornal, foi mandar chamar à sua sala um jovem que ingressara há, relativamente, pouco tempo na empresa, e no qual havia notado um dom todo especial para a profissão.

Nélio Saraiva era isso, um repórter nato.

Nascido no pequeno município de Carmópolis, único filho de um casal humilde, viu suas condições piorarem quando, aos 9 anos, perdeu o pai, eletricista, em um inevitável acidente de trabalho. Desprovido de condições para estudar ou mesmo dar vazão às suas tendências jornalísticas, o que tentou, sem muito resultado, em um serviço de autofalantes local, Nélio resolveu abdicar das raízes geográficas em busca de realização, em um centro mais evoluído. E, nessa aventura, terminou batendo às portas do *Realidade*, jornal dirigido por Lucas, oferecendo-se para qualquer serviço, contanto que estivesse em permanente contato com as notícias e as rotativas.

Mas a inteligência costuma ser luminosa e é difícil dissimular o seu brilho, onde quer que surja. E foi assim que, aos poucos, com uma palavrinha aqui, uma opinião acolá, sua figura começou a se destacar entre os funcionários da empresa. E as oportunidades foram se apresentando e sendo convenientemente aproveitadas.

Como seria natural que acontecesse, informações sobre as interferências geniais do jovem terminaram extrapolando seu meio e chegando em eco aos patamares mais altos da empresa, bem como seu autodidatismo. Foi quando Lucas resolveu atuar, promovendo o custeio da formação profissional de Nélio. Seria um desperdício a perda de uma tal vocação. Sabia que diplomas não fazem um jornalista, mas sabia também que, na época, um jornalista não poderia exercer sua profissão sem ele. Os sindicatos são vigilantes nesse controle.

Daí para frente, esquecendo um pouco as barreiras hierárquicas, ficaram amigos e, quando Lucas queria alguma coisa muito especial, era ao Nélio que recorria para confiar a execução da tarefa.

E foi por essa ligação de extrema confiança que, na segunda-feira, mandou chamar o jovem à sua sala.

– Pois não, chefe! Em que posso servi-lo? – cumprimentou Nélio com um sorriso muito branco, destacando-se na pele morena em que se documentavam vários tipos em miscigenação.

– Sente-se, meu caro. Vou lhe contar uma história que pode terminar sendo um bom furo jornalístico. Não está dentro de sua área, pois seu desfecho pode ser policial, mas a necessidade de sigilo absoluto faz com que eu recorra a você para as pesquisas, pelo menos as iniciais.

– Por essa parte, pode confiar em mim.

– Eu sei!

E ante a expressão curiosa do jovem, Lucas começou a contar o caso de uma garotinha, filha de um amigo, que, de repente, assustada em sua festa de aniversário, começou a acusar um homem de tê-la matado em outra vida.

– Acho que nunca comentei, por isso não sei se você sabe – interrompeu Nélio –, eu sou um cara ateu. Não acredito em coisa alguma, além dessa matéria que utilizo aqui e agora. O mais lógico, que considero em toda essa história que me contou, é que essa garotinha deve ter sonhado.

– A primeira impressão é mesmo essa, mas depois... Há as coincidências...

– Existe algum dado concreto que me leve a ultrapassar esse limite da minha incredulidade?

– Detalhes que foram sendo revelados, nos momentos de pânico, e comprovados, posteriormente – afirmou Lucas. E deu como exemplo a referência à casa ao lado do lago, mencionada por uma menina de quatro anos, como sendo a casa do suspeito, fato que se configurou com exatidão. Contou, ainda, sobre a identificação do morador da casa do lago, feita pela menina, ao assistir à exibição da gravação realizada durante a festa, e a impressão, que ele próprio tivera, de que a atual mulher do suspeito não era sua primeira esposa. Mas falou também sobre a diferença dos nomes, o pronunciado pela menina, durante os pesadelos, como sendo "Alfredo", e o do proprietário da floricultura, identificado posteriormente, como sendo "Luiz".

– É, realmente confuso... Mas, de forma clara, o que você tem em mente?

– Os arquivos do jornal. Acho que podemos começar investigando por lá, se há coisa de uns quatro ou cinco anos, houve alguma denúncia considerada importante sobre o desaparecimento ou morte de alguma mulher pertencente a uma classe mais abastada.

– É pra já, chefe!

– E não se esqueça do sigilo.

– Confie em mim – disse Nélio, levantando e se encaminhando para a porta.

Lucas pressionou todo o peso das costas no espaldar, apoiou a cabeça no macio estofamento e ficou olhando o teto, a imaginar quantas dúvidas iriam acorrer aos pensamentos de um jovem ateu, forçado a provar a existência da alma. Realmente, dera a Nélio uma missão bem difícil.

Nem bem chegou da escola, e Norma correu a pegar o catálogo telefônico para verificar o número com o qual pudesse se comunicar com Viviane. Durante o percurso de volta para casa, tinha imaginado uma conversa, até certo ponto verídica, porque realmente tinha feito vários cursos de pintura e posto em prática o seu aprendizado em muitas telas, algumas das quais decoravam a residência de amigos, mas, em sua maioria, se espalhavam mesmo pelas paredes de sua própria casa.

No catálogo, na relação dos Tavares, não encontrou nenhum Luiz, partiu então para a relação por endereço e, na av. Gumercindo Paiva de Moraes, 92, lá estava um L. A. Tavares, a lhe informar que seu proprietário, ou tinha um nome duplo, ou dois sobrenomes.

E sua mente detetivesca começou a elaborar:

– Luiz Antônio?... Luiz Alberto?... – e não demorou quase nada a chegar em – Luiz Alfredo!!!

O entusiasmo foi tanto que nem chegou a pegar o número do telefone da casa visada, e até esqueceu de que sua intenção era falar com Viviane. Ligou para o marido.

– Lucas. Você não sabe o que acho que descobri... – falou atabalhoada.

– Calma! O que foi?

– Acho que o nome do florista pode ser Luiz Alfredo.

– Como você chegou a essa conclusão?

E Norma, precipitadamente, começou a contar sua conversa com a babá do Augusto, a ideia que teve de ligar para Viviane para falar sobre pintura e a surpresa ao ver, no catálogo telefônico, as iniciais L. A., ligadas ao sobrenome Tavares, como morador no número 92 da av. Gumercindo Paiva de Moraes.

– Parabéns! – cumprimentou Lucas. – Acho até que vou abrir uma agência de detetives para explorar mais convenientemente essa sua visível e talentosa capacidade.

Norma riu do lado de lá.

– Acho que você ainda não viu nada. Logo mais, durante o jantar, vai ficar sabendo o resultado da minha conversa com a Viviane. É bem provável que, até lá, eu tenha arranjado uma maneira eficiente para me tornar sua amiga íntima.

– Veja lá, hein! Não vá facilitar muito. Lembre-se de que cesteiro que faz um cesto, faz um cento e, segundo desconfiamos, o moço em questão já matou uma, para matar duas de forma a encobrir os seus atos, é um passo... Todo cuidado é pouco.

Mas Norma estava empolgada demais. Mal desligou o telefone, voltou a conferir o número da casa do lago e ligou para Viviane.

– Quem deseja falar com a senhora? – perguntou uma voz que devia ser da criada.

– É a mãe do Carlinhos. Estivemos aí, no sábado, comemorando o aniversário do Augusto

– Um momento.

Em poucos minutos, uma voz diferente reassumiu a chamada.

– Pois não! Com quem estou falando?

– Viviane, aqui é Norma, mãe do Carlinhos, coleguinha do seu filho. Estou ligando porque, sábado, durante a festa, pude perceber vários quadros em suas paredes que, posteriormente, soube serem de sua autoria. Como também sou pintora, imaginei que talvez possa obter com você algumas informações que me ajudem a reverter um sério probleminha. Não achei próprio incomodá-la durante a festa com tal assunto, mesmo assim, peço desculpas por tomar essa liberdade, agora.

– Não tem importância – falou Viviane, delicadamente. – Se eu puder ajudá-la, estou a seu inteiro dispor.

E Norma começou a falar sobre os vários cursos que havia feito, seu estilo e, principalmente, sobre a profusão de telas pintadas, a dificuldade de divulgar o seu trabalho, o número reduzido de galerias onde as telas poderiam ser comercializadas, em resumo, todos os entraves com que se deparava para continuar a executar o seu *hobby*, já que as paredes de sua casa estavam ficando escassas para tanta produção, terminou brincando.

Viviane riu do outro lado.

– Infelizmente, o meu problema é o mesmo. Não tenho nenhuma galeria e até agora não arranjei nenhum *marchand* que divulgasse meus trabalhos. Só, me parece, que estou dando mais sorte que você, porque, além desta casa, meu marido espalha os meus quadros pelas paredes da fazenda. O meu espaço é maior. – disse, rindo.

A receptividade da moça foi perfeita. Norma chegou até considerar que ela ficara feliz com a ligação. E realmente isso era bem possível. Se o marido fosse realmente o ciumento que descreveram, a ponto de impedi-la de fazer amigos, a oportunidade de falar com alguém, principalmente sobre seu *hobby*, podia ser considerada uma verdadeira bênção, nesse isolamento forçado. Terminara o telefonema com a certeza de que, dali para frente, não seria difícil encontrar novos motivos para falar com ela. Aventava até a hipótese de uma amizade maior, a ponto de se visitarem, o que seria perfeito, dentro de suas intenções.

Afinal, não sabia quanto tempo poderia durar esse tipo de investigação.

Otávio, mal chegou em casa, ficou sabendo de todas as peripécias aprontadas pelos seus dois amigos, durante a segunda-feira. E, de tudo, o que ele achou mais esclarecedor, com um cunho visível de força às investigações, foi a descoberta feita por Norma, daquele 'A', incrustado no nome do suspeito, que bem poderia ser a inicial de Alfredo.

Pegou o catálogo e conferiu. Sim, lá estava a letra a intensificar a suspeita. Mas isso era uma coisa fácil de verificar. No dia seguinte mesmo teria essa confirmação. Tinha um grande amigo na Prefeitura e seria fácil para ele verificar, na sessão de cadastros de imóveis, o nome do proprietário do solar da av. Gumercindo Paiva de Moraes, número 92.

A curiosidade, porém, nem o deixou esperar pelo horário de expediente do dia seguinte, para executar os seus planos. Àquela hora mesmo, ligou para o Pedrosa.

– Pedrosa, aqui é o Otávio Borges.

– O que manda, doutor?

– Queria lhe pedir um favor. Tenho que mandar uma correspondência para o proprietário da casa 92, da av. Gumercindo Paiva de Moraes, mas não tenho o nome dele por inteiro. Dá para você me arranjar isso, nos cadastros da Prefeitura? Estou precisando dessa informação, com uma certa urgência, e lhe ficarei muito grato por este obséquio.

- Pode contar comigo. Amanhã mesmo, pela manhã, você já terá, à sua disposição, a informação que me pede.

Otávio tinha certeza disso e sorriu satisfeito.

Mais uma pequenina pedra fora acrescentada na pavimentação do caminho da verdade, mas que pedra!...

Eram dez horas da manhã, Otávio estava fazendo sua ronda habitual de verificação aos pacientes internados, quando foi chamado ao telefone. Do outro lado, Pedrosa.

- Doutor, já tenho a informação que me pediu. O proprietário daquele solar é Clemente Coelho dos Santos.

- Clemente Coelho dos Santos? - repetiu Otávio, surpreso. - Tem certeza disso? No número 92?

- Claro, o 92!

- Pedrosa, nesse cadastro de vocês tem como ver a relação dos proprietários e suas propriedades?

- Temos. Nós agora já informatizamos o serviço e ficou tudo mais fácil. É só um toque nos botões e as informações surgem como num passe de mágica.

- Então, dá para ver para mim se esse Clemente Coelho dos Santos tem mais algum imóvel na cidade? Depois eu ligo para confirmar.

- Não. Pode deixar que eu ligo, é mais lógico. Assim que tiver conseguido coletar as informações que você quer, eu ligo.

Otávio colocou o telefone no gancho e apoiou o cotovelo na mesa, escorando a testa com a mão direita. Fechou os olhos para deixar correr mais livremente os pensamentos. Aquilo era uma vertente nova, e insuspeitada, nas investigações... Onde os levariam?...

Que papel desempenharia o tal Clemente em toda essa história? Pai do florista estava claro que ele não era, os sobrenomes eram distintos. Só se fosse sogro, pensou. Vai ver que era isso. Mas, se fosse, o caso ia adquirir características surpreendentes.

Pensou em ligar para o Lucas, contando a nova descoberta, mas resolveu esperar um pouco mais, aguardando as novas informações que o amigo ficara de lhe fornecer. Tão logo tivesse acesso a elas, colocaria o amigo a par das novas pistas que estavam surgindo. Curiosidade e impaciência, entretanto, se entrechocavam de uma tal maneira nos pensamentos de Otávio que terminaram fazendo com que os vinte minutos de intervalo entre as duas ligações do Pedrosa parecessem horas.

Quando o telefone tocou novamente, Otávio teve que fazer um esforço para não se precipitar sobre ele. Na qualidade de médico, constatou imediatamente uma certa patologia no seu descontrole. Estava se deixando influenciar demais por aquele caso. Era preciso começar a se dominar.

Mas era difícil, para um médico, sempre muito afastado de mistérios mirabolantes, inteirar-se de uma história daquelas evitando um envolvimento exagerado, principalmente quando via sua filha envolvida, mesmo que fosse da insólita maneira em que se encontrava.

– Doutor, o cara de quem o senhor está querendo a ficha, é muito rico – informou Pedrosa, do outro lado. – Tem uma grande fazenda, com quase cem alqueires, que começa aqui, na periferia da cidade, e se estende pelo vizinho município de Pedra Branca, onde tem a sede; é proprietário de um dos maiores laticínios do país, e, além disso, tem mais de trinta apartamentos espalhados pelos melhores bairros, e isso, aqui em nossa cidade. Não dá para saber o que tem fora dela. Preparei uma relação dos imóveis que ele tem registrados aqui na prefeitura e, se o doutor quiser, eu lhe envio pelo fax. É só me prometer não revelar a ninguém a origem da informação.

– Oh! Pedrosa. Claro que não deixaria você mal. Além do que, vou lhe ser eternamente grato por esse favor.

– Esse indivíduo ficou lhe devendo alguma coisa?

– Nada. Para ser franco, nem o conheço. É uma história tão complicada, que só pessoalmente dá para falar sobre ela. Mas, a primeira folga que eu tiver, convido você para um chope e conto o caso.

– Combinado.

Otávio esperou alguns minutos e, dali a pouco, uma extensa lista começou a deslizar por entre os rolos do seu fax, revelando o patrimônio atribuído ao proprietário do solar.

A emoção era tão grande que nem lhe permitiu olhar direito a relação que tinha entre as mãos. E se mostrou grande demais, também, para suportá-la sozinho. Ligou para o Lucas, perguntando se podia vê-lo às dezoito horas. Era uma pista nova a ser analisada a dois.

Às dez para as seis já estava chegando ao jornal e se fazendo anunciar.

Lucas, que, desde a hora da ligação do amigo, não conseguira pensar em outra coisa, achando que o que quer que fosse devia ser extraordinariamente importante para fazer com que Otávio o procurasse em seu local de trabalho, recebeu o amigo com recriminações.

– Puxa, Otávio! Não faça mais isso. Passei praticamente a tarde inteira sem conseguir fazer nada, imaginando o que você teria descoberto de tão importante, que não podia ser dito pelo telefone. Da próxima vez, pelo menos, adianta um pouco do assunto.

– Desculpe, Lucas. Acabei fazendo você viver as mesmas expectativas com que esperei a ligação de um amigo, a quem pedi um certo tipo de informações.

– Quanto mistério!... E o que descobriu?

– Imagine que o proprietário daquele solar não é o florista.

– Não???... Mas essa informação é confiável?

– Claro que é. Soube Disso por gente de dentro da Prefeitura.

– Então, quem é o dono daquele imóvel?

– É um tal de Clemente Coelho dos Santos.

– E quem é esse personagem?

– Por minha conta e risco, comecei a achar que é o sogro do Luiz, já que pai não pode ser, dada a diferença de sobrenomes. Mas como isto é só suposição, vamos deixar em aberto, porque ainda tem mais.

– Vamos logo com isso.

– Aquela fazenda que lhe falaram que ele tem, também não é dele, é do mesmo Clemente, que, além do mais, de lambuja, ainda tem um grande laticínio e mais trinta apartamentos espalhados pela cidade. A relação está aqui – Concluiu Otávio, tirando do bolso uma comprida folha de papel que ofereceu a Lucas.

Após uma rápida consulta, em que mentalmente calculou o valor do patrimônio, Lucas deu um assobio de assombro.

– Puxa! Miseravelmente temos aí uns bons milhões! Fazenda de 96 alqueires, laticínio exportador de leite e derivados, além de imóveis nos melhores bairros da cidade. É uma boa fortuna!... Será que o tal Luiz é administrador desse homem?

– Se for, já vou me penitenciando. Não consegui ser tão benevolente quanto você. Pensei as piores coisas dele.

– Qual a conclusão que você tirou dessas informações?

– A primeira coisa que imaginei foi que esse tal Clemente deve ser pai da esposa que aquele bandido matou.

– Se fosse esse o caso, porque o pai da moça o manteria lá, à frente dos seus negócios?

– Pra começar, nem sei se esse homem é vivo. Pode ter morrido, até antes da filha. Outra coisa que acho, é que ninguém sabe que essa moça morreu, por isso ele ainda não se casou, nem passou esses imóveis para o seu próprio nome. Usufrui como dono, porque ninguém vai ter dúvidas, a ponto de averiguar em que circunstâncias ele administra essas posses.

– Tudo que você pensou tem bastante lógica. Só um detalhe não bate. Coloquei um dos meus melhores repórteres no arquivo, para examinar qualquer notícia de desaparecimento de uma mulher que pudesse ter alguma associação com este caso.

– E???...

– Nada. Não houve queixa alguma, busca alguma. Ninguém reclamou um tipo de desaparecimento semelhante.

– Isso é estranho. Será que nós estamos fantasiando tanto, que já estamos nos deixando levar apenas pela imaginação?... Hoje, ao ver essa relação, nem me passou pela cabeça que ele pudesse ser um administrador, enteado do proprietário, filho de criação ou um agregado. Só pensei nele como um assassino, usufruindo bens conseguidos de forma inescrupulosa.

– Eu também ando assim. Mas já comecei a me policiar. Vou tentar me reformular para analisar este caso com a mais absoluta isenção. Não quero mais sair do pressuposto de que ele é um assassino.

– Você acha que devemos parar por aqui com esta investigação? A Leda ficaria muito satisfeita, se nós resolvêssemos o caso dessa maneira, deixando de bancar detetives.

– Não é isso – discordou Lucas. – Não podemos deixar de esclarecer todos os pontos. As iniciais, por exemplo. Temos que descobrir o que significa aquele 'A' do nome dele, mas sem a certeza de que vai ser Alfredo. Isto é, não podemos condená-lo antes de termos provas irrefutáveis. Esse tal Clemente é outro exemplo. Quero saber quem é e qual o grau de parentesco que tem com o Luiz Tavares, sem emprestar características absurdas ao relacionamento entre eles. Depois de todas essas questões enfeixadas, aí sim, vamos poder, se for o caso, mandá-lo a julgamento.

– E como vamos fazer para localizar o Clemente Coelho dos Santos.

– Simples. Vou mandar o Nélio, aquele repórter no qual eu, especialmente, confio, fazer uma reportagem nessa tal fazenda Ouro Verde, amanhã mesmo.

Nem bem tinha acabado de falar a última sílaba da frase, quando um dos telefones tocou para anunciar a presença do Nélio na ante-sala.

– Mande-o entrar – autorizou Lucas.

Nélio entrou, entusiasmado, mas retraiu-se, imediatamente, ao deparar com Otávio na sala.

– Desculpe. Pensei que o senhor estivesse sozinho.

– Não tem problema, o dr. Otávio é meu amigo e está a par da pesquisa que venho fazendo.

– Sendo assim... Só passei por aqui para lhe informar que, hoje, quando terminei de ver os microfilmes do arquivo, sem descobrir qualquer notícia sobre o desaparecimento de uma mulher com as características determinadas, conforme lhe adiantei por telefone, resolvi dar uma passada por algumas delegacias de bairros, na tentativa de encontrar alguma queixa relativa a esse assunto. Imaginei que, às vezes, esses fatos podem ocorrer, mas sem que se queira dar muita publicidade, ficando apenas restritos a registros policiais, para não devassar a vida de certas pessoas, trazendo uma vulgarização desnecessária aos seus nomes. Sabe como é...

– Entendo – aquiesceu Lucas, confirmando por sua vez a capacidade decisória do jovem, capaz de, por sua própria conta e risco, experimentar fórmulas que lhe pareciam acertadas, em se tratando de atingir a finalidade desejada. – E encontrou alguma coisa?

– Por enquanto não. Só consegui examinar os registros de uma das delegacias que me dispus a investigar, mas, amanhã, prometo que vou começar cedo e pretendo percorrer, no mínimo, umas três.

– Nada disso. Tenho uma outra missão para você. Amanhã, quero que vá até a fazenda Ouro Verde.

– E onde fica isso?

– Uma parte dela fica por aqui mesmo, na periferia da cidade, mas a sede está localizada no município de Pedra Branca, a uma hora e pouco de viagem, lá para os lados da Chácara do Vigário, onde você andou fazendo aquela reportagem sobre a reabilitação dos menores abandonados.

– E o que eu tenho que fazer por lá?

– Quero que veja as condições do lugar e imagine uma reportagem que possa justificar a sua presença no local. Arranje uma desculpa qualquer, convincente, para entrevistar o proprietário, o senhor Clemente Coelho dos Santos.

– Mas, embora proceda de forma velada, o que realmente eu tenho que tentar descobrir com as minhas perguntas? – quis saber Nélio, enquanto fazia anotações em sua agenda.

– Se, por acaso, o tal Clemente tem algum parentesco com certa moça desaparecida.

– Deixe comigo, chefe. Amanhã mesmo eu volto com esses dados.

Otávio chegou em casa, bastante atrasado para o jantar. Apesar de manter todo o seu interesse em jogo, nessa investigação, o fato de determinados detalhes não coincidirem com a realidade acirrava suas críticas internas. Não raramente, via brotar uma ponta de remorso em seus pensamentos pela condenação antecipada com que vinha julgando o floricultor. Sem qualquer comprovação, atribuía a ele todos os atos com conotações malévolas ou indícios de um mistério delituoso. Um indivíduo, de cuja existência só há pouco tempo tomara conhecimento, e cujos procedimentos lhe eram totalmente desconhecidos, transformara-se, pelos estranhos delírios de sua filha, em um perigoso celerado diante de seus olhos.

Os comentários que Lucas fizera, há pouco, sobre examinar com imparcialidade todas as provas, antes de qualquer julgamento, caíra como uma carapuça desaprovadora, sobre sua cabeça. Nunca tivera por hábito agir dessa maneira e não estava gostando nada de ter adotado um tal procedimento com relação ao florista.

Contou a Leda as novidades do dia e as impressões dela sobre o caso, não foram também das mais favoráveis.

– Eu acho que essa história está se enrolando, cada vez mais – retrucou a mulher. – Ontem ele era muito rico, agora já não é mais dono de nada e, pelo visto, sequer é parente do dono desses imóveis. É melhor largarmos isso para lá, aproveitando que Aninha, desde a consulta com o Dirceu, não se manifestou mais sobre esse assunto, e voltarmos a viver nossa vida em paz, sem preocupação com a vida e o comportamento dos outros.

– Não pense que eu estou satisfeito por estar me envolvendo nesse caso. Ainda há pouco, estava me cobrando sobre atitudes irrefletidas que venho tomando.

– Então?!... Já que você pensa dessa forma, não é melhor parar com isso? E lhe asseguro que é muito mais fácil parar que continuar. Suspender as investigações dá menos trabalho do que ficar analisando possibilidades, que levam a outras possibilidades, e a outras... num encadeamento interminável e sem solução. Principalmente, porque não temos qualquer formação profissional para nos metermos nisso.

– Concordo com você. Mas, infelizmente, não posso mais parar. Tem um lado meu que, mesmo sem formação profissional, se insurge contra essa ideia de deixar esse camarada impune.

– Isso porque você está imbuído da ideia de que ele matou a nossa filha, o que é uma tremenda maluquice. A esta hora, Aninha está bonitinha, dormindo placidamente como um anjo, no aconchego do seu quarto.

– Não quero puni-lo por um crime que ele tenha cometido contra ela, mas pelas marcas que ele deixou em sua alma.

– E quem lhe outorgou esse direito? Até fazendo um esforço para crer nessa sua mitologia, resta a pergunta: quem o está autorizando a se meter nisso? Foi nomeado anjo vingador?

– De certa forma, sim. No momento em que retalhos de uma verdade chegaram ao meu conhecimento, só posso crer que tenha sido para que pudesse tomar uma atitude.

– Isso, visto por um ângulo muito especial, só seu. Posso lhe afiançar que esses mesmos retalhos chegaram ao meu conhecimento, no mesmo momento em que chegaram para você, mas sem essa conotação de compromisso punitivo a ser assumido.

– Talvez bastasse um apenas para carregar a bandeira. Se um de nós se sentiu tocado, a ponto de entender e atender àquele apelo, acredito que já tenha sido suficiente.

Interrompendo as considerações do casal, a criada veio trazer o telefone. Era Norma, com seu temperamento totalmente oposto, a vibrar com as notícias do dia, apuradas por Otávio e Lucas.

– Que dia proveitoso este, hein Leda! Quem iria imaginar que os bens atribuídos ao Luiz Tavares fossem de outro dono? O Lucas acha que era a pista que faltava para elucidarmos todo o caso.

– Estava aqui, exatamente, discutindo sobre isso com Otávio. Por mim eu largava tudo pra lá. Desde a consulta com o Dirceu que Aninha não se apresentou mais com qualquer de suas fantásticas interferências, falando coisas desconexas, o que nos liberou bastante em relação a este caso. Acho que poderíamos deixar essa história de lado.

– E se ele for um assassino?... Vamos deixá-lo livre, sem punição?

– Isso não nos compete. Compete à polícia, que tem que zelar pela vida dos cidadãos; à justiça, que tem que punir os culpados; mas nunca ao cidadão comum.

– Já parou para pensar que você está dizendo uma grande tolice? A polícia não tem bola de cristal para tomar conhecimento de tudo que acontece ao seu redor; muito menos a justiça adivinha as ocorrências irregulares. Se não fosse o homem comum denunciar, apresentar queixas, testemunhar, exigir os direitos que lhe conferem as leis, a situação seria de caos.

– Mas tem muita gente que passa a vida toda ao largo desses contatos.

– Ou são os felizardos ou os comodistas. Os felizardos, porque a vida corre para eles de forma plácida, sem qualquer confronto desagradável. Os comodistas, não, embora conheçam os meandros de determinado caso, preferem se omitir a dar o seu testemunho em prol do restabelecimento da verdade, porque não querem ser perturbados.

– Ah! Então me coloque nesse segundo grupo.

– Não a elogio por essa escolha. Também não acredito que seja esse, verdadeiramente, o seu pensamento. Querer que a vida ao seu redor transcorra com justiça e paz, sem que seja exigida de você qualquer colaboração para manutenção desse estado de coisas?...

– Você fala isso tudo porque o seu pai foi policial e você foi criada participando de um ambiente em que devia ser comum esse tipo de assunto. Por isso esse clima lhe parece natural. Mas eu, não. Meu pai foi pediatra e minha mãe professora de piano. Já se viu que esses assuntos passaram longe de minha casa, durante todo período de minha formação. Por essa razão eu me assusto com essa proximidade. Um crime é uma coisa que, mesmo nos jornais, em forma de caracteres, me assusta, e eu procuro até evitar ler. Não tenho qualquer curiosidade para me informar sobre quem fez o quê. Dispenso conhecer detalhes sobre esse tipo de ocorrência.

– Desculpe, Leda. Eu entendo que o seu temperamento é diferente, e respeito. A minha mãe, também, não se sentia muito à vontade com isso, mesmo sendo casada com um delegado de polícia.

– Em todo caso, ela ainda tinha que aguentar esse *modus vivendi* porque escolheu alguém do ramo, casou-se com ele.

– Engano seu. Casou-se com um advogado e foi surpreendida quando ele passou em um concurso e assumiu tal identidade. No fundo, ela nunca se conformou.

E assim, sem voltar ao tema principal, que havia provocado a ligação, Norma e Leda enveredaram por outros assuntos nos quais a constante convergência de opiniões tinha consolidado a forte amizade que as unia.

Nélio nem dormiu muito bem, aquela noite. Não se sentia talhado a ser um repórter policial, apesar de considerar que, estivesse onde estivesse, a notícia era o ponto focal para qualquer jornalista. Se pudesse escolher, entretanto, só divulgaria coisas amenas: descobertas científicas, sucesso teatral, lançamentos de livros, exposições, heroísmo, benemerência, essas coisas que recriam a fé nos homens. Mas, infelizmente, tais notícias não tinham um retorno correspondente, dando a impressão de que não atraíam tanto os leitores quanto as de fraudes, assassinatos, corrupção, roubos, tráfico de drogas, prostituição, suicídio e suas correlatas. A alma humana parecia ter prazer em devassar o lado obscuro da vida, como se cada um, através dessa visão, fizesse uma avaliação positiva de sua própria existência, enaltecendo o seu ego com uma camada de valorização pela superioridade dos próprios instintos. Essa preferência por notícias estarrecedoras era tal que as rotativas dos jornais ficavam, muitas vezes, à espera de um caso estarrecedor, bem polêmico, violento ou dramático, para que, após ser transformado em empolgante manchete, pudesse levar a edição a uma tiragem recorde.

Mas como *nobless oblige*, Nélio levantou cedo, tomou o seu banho e foi para a cozinha tomar o café que, àquela altura, a mãe já havia preparado com bastante esmero, sabendo que o filho talvez só voltasse à noite, de uma reportagem que pretendia fazer no vizinho município de Pedra Branca.

O céu limpo prenunciava um belo dia de sol e o jovem partiu confiante em conseguir uma boa matéria que satisfizesse o dr. Lucas, a quem devia tantos favores. Pelo caminho, dirigindo o seu próprio carro, foi lembrando a distância que percorrera na vida, desde sua saída da pequena Carmópolis para tentar oportunidades maiores em uma cidade grande.

Realmente, nunca poderia negar nada ao dr. Lucas. Fora ele que lhe abrira as portas para a independente condição financeira que tinha agora, possibilitando-lhe trazer a mãe viúva para viver com mais conforto ao seu lado. Isso, por si só, já o fazia merecedor de toda sua gratidão.

E assim, rememorando as várias etapas que conquistara com empenho e dedicação, o jovem repórter saiu da rodovia, enveredando pela estrada vicinal que o levaria a Pedra Branca, lugar por onde já passara, em suas atividades profissionais.

Apesar de distar um pouco mais de 100 quilômetros da capital, o município tinha características totalmente diversas. Em lugar dos arranha-céus, do intenso movimento de carros, da interminável rotatividade dos pedestres se entrecruzando pelas calçadas, apresentava uma qualidade distinta de paz, em sua opção pelo desenvolvimento rural. E em toda extensão que margeava a estrada, ia apresentando a terra negra, a intermediar compridos retângulos, coloridos por uma variedade fantástica de verdes, como tapetes a limitar o caminho. Por ali, até o céu era diferente. Parecia mais limpo e o ar infinitamente mais puro.

Já na periferia do centro comercial de Pedra Branca, procurou, encontrar uma certa rua, onde fora muito bem recebido por ocasião de sua outra passagem pelo local. Não foi preciso andar muito, para reconhecê-la. Margeada por umas poucas e imprescindíveis casas comerciais: farmácia, padaria, um armazém misto de quitanda e dois botecos, além de algumas residências. Era uma rua pobre, apesar de estar bem próxima ao coração da cidade. Por ela não se poderia aquilatar a importância do município, que não se fazia presente na zona urbana.Toda sua riqueza se originava nas plantações, que se espalhavam pelo entorno, cobrindo vastas áreas e se estendendo pelas cercanias.

Parou o carro na porta de um dos botecos e perguntou ao caixeiro que o atendeu desconfiado, para que lado ficava a fazenda Ouro Verde?

– Eu conheço o senhor!... – exclamou de imediato o vendedor. – Não é aquele moço que escreveu no jornal *Realidade,* sobre a Chácara do Vigário? Todo mundo aqui na cidade leu. A gente nem sabia que o padre Sodré fazia tanta coisa boa pelas crianças de rua. Foi bom o que o senhor disse sobre o trabalho dele, porque muita gente daqui começou a colaborar com comida, roupa e até com ajuda braçal mesmo.

– Que ótimo! Essa notícia me deixa muito satisfeito.

– O senhor vai fazer a mesma coisa com a fazenda Ouro Verde? Eles também cuidam de crianças, por lá?

Nélio percebeu que fora péssimo esse reconhecimento. Pretendia fazer o seu trabalho de forma camuflada, mas agora, diante dessa recordação imprevista, expressa com tanta veemência, ficara impossível pôr em prática os seus planos. E, sem pensar muito, adiantou:

– Nada disso! Quero conversar com o seu Clemente, dono da fazenda. Ele planta soja, pois não? Estou querendo falar sobre alimentos geneticamente modificados.

O homem do bar olhou para ele sem entender e respondeu.

– Há algum engano. O que eles têm lá na Ouro Verde é gado leiteiro. Muito gado. Desde que abandonaram o plantio do café que foram mudando as terras para servir de pasto. Principalmente depois que seu Clemente foi para Portugal e a fazenda ficou entregue ao genro dele, aí mesmo é que tudo virou pasto. Não têm mais nenhuma plantação por lá.

– E o seu Clemente ainda não voltou?

– Não. E acho que nem volta. Não precisa disso aqui, vai ficar pra filha mesmo...

– Eles vêm sempre aqui.

– Dona Carminha, já não vem, há muito tempo. Dizem que ficou doente quando o filho nasceu. Mas seu Alfredo vem sempre.

Nélio tremeu quando ouviu o caixeiro do bar pronunciar aquele nome. Alfredo fora o nome que a tal menininha falara em sonho e restara como contradição à verdadeira identidade do florista. Sem saber, esse homem simples acabara com a única dúvida que ainda lhe restava naquela incrível história de reencarnação. Era surpreendente. Uma simples palavra fez com que se desmoronassem muitos de seus velhos conceitos.

Recuperou-se rápido, não tinha tempo para considerar essas coisas agora. O importante é que fora um sucesso sua investigação. De certa forma nem fora preciso ir até a Ouro Verde para obter as informações que desejava, além do que, tivera uma boa razão para dissimular o interesse que a presença de um repórter no local poderia despertar entre os moradores.

– Quer dizer que perdi minha viagem?... Não é soja transgênica o que plantam por aqui... É uma pena!... – exclamou com expressão falsamente compungida.

– Pros lados do Boqueirão, dizem que tem um fazendeiro que está começando a fazer um plantio de soja. Não sei se é desse tipo que o senhor está falando...

– Sabe o nome dele ou o nome da fazenda? – perguntou, a título de dissimular mais ainda seu interesse anterior.

– Não tenho bem certeza, mas acho que é José Antunes e a fazenda, se não me engano, é a Cobra D'Água.

– Vou ver o que o meu chefe acha disso. Ele estava querendo mesmo que eu entrevistasse alguém com um pouco mais de experiência nesse tipo de cultivo. Esse seu José Antunes está começando agora, não sei se vai ser do interesse do jornal. Em todo caso, fico muito grato pela informação – disse Nélio, despedindo-se.

Entrou no carro e rumou para o jornal. Dirigia satisfeito. Pelo visto, conseguira tudo que o dr. Lucas queria saber e, o que era melhor, nem sequer pusera os pés na Ouro Verde, situação pela qual, embora involuntariamente, poderia terminar provocando algum tipo desconfiança.

Lucas tinha acabado de chegar do almoço quando a secretária anunciou a presença de Nélio.

– Pode entrar! – autorizou, surpreso com a rapidez com que o rapaz se desincumbira da missão.

– Então? – perguntou afoito, tão logo o repórter entrou na sala. – Conseguiu saber alguma coisa.

– Eu acho que praticamente tudo, ou pelo menos grande parte do que nos interessa.

E Nélio contou sua parada no bar, em busca de subsídios com os quais pudesse se apresentar na fazenda, sem despertar qualquer suspeita. Só não havia imaginado que as informações conseguidas no local fossem ser tão satisfatórias, a ponto de dispensar sua ida à Ouro Verde. Mas foi precisamente isso o que terminou acontecendo. Sem por os pés por lá, tinha conseguido obter os esclarecimentos desejados.

– Melhor ainda! – aplaudiu Lucas. – Ficamos sabendo das coisas, sem que o nosso suspeito desconfie de nada. Mas conta lá!

– Bem, o tal Clemente, foi para Portugal deixando a fazenda administrada pelo genro e não voltou até hoje. A filha, chamada Carminha, não vai lá, há muito tempo; dizem que ficou doente desde o nascimento do filho. Agora, tem uma coisa ainda mais importante, o dono do bar disse, em meio a seu relato, que o tal genro que administra a propriedade se chama Alfredo. Não foi esse o nome que a garotinha falou em sonho?

– Foi esse mesmo. Mas isso não me surpreende. Nós já descobrimos, pela lista telefônica, que existe um 'A.' entre o Luiz e o Tavares do nome dele. É possível mesmo que ele se chame Luiz Alfredo.

– Estou achando isto tudo impressionante. Acredito que essa história tenha vindo parar em minhas mãos, com a finalidade única de balançar os meus conceitos materialistas. Quando o camarada do bar falou em Alfredo, eu cheguei a sentir um calafrio na espinha. Aquele tinha sido o detalhe da história que você me contou das lembranças da menininha que estava em desacordo com a realidade. E foi justamente no que eu me apeguei, como prova de que tudo o mais não passava de uma grande maluquice. E ali, diante dos meus olhos e ouvidos ateus, alguém acabou com qualquer dúvida que ainda pudesse existir. Confesso que fiquei estarrecido e ainda vou precisar de um bom tempo para assimilar esse caso.

– É assim mesmo. Um dia acontece uma coisa qualquer que nos coloca frente à frente com uma realidade maior e, queiramos ou não, o materialismo vai ficando para trás, enquanto evoluímos para uma espiritualização consciente. Mas, voltando ao caso, acho que agora você já pode voltar a pôr em prática aquela sua ideia de pesquisar as delegacias, em busca de algum registro que ele possa ter feito.

– Já vim com esse firme propósito. Passei por aqui, antes, só para colocá-lo a par do sucesso que foi a ida a Pedra Branca. Nem almocei, ainda. Vou comer alguma coisa e partir direto para verificar indícios, em mais alguma delegacia.

– Tudo bem. Fico aqui aguardando notícias.

E Nélio, que já nem estava mais se deixando levar pelos interesses alheios, limitando-se a ser guiado quase que inteiramente por seus impulsos profissionais de descobrir a verdade em torno do caso, despediu-se com um sorriso, deixando Lucas confiante de que, de fato, as investigações estavam em boas mãos.

À noite, Otávio e Leda receberam a visita dos amigos para jantar. Mal Lucas havia ligado contando as novidades, consideraram por bem que era hora de uma reunião. Um assunto tão sério não poderia ficar limitado a um diálogo telefônico. E, enquanto as crianças brincavam distraídas, armando suas travessuras inocentes sob o olhar zeloso da babá, os quatro, reunidos na sala, consideravam todos os dados que tinham conseguido juntar sobre aquele incrível caso.

– Acho que, diante das informações trazidas pelo Nélio, não resta mais nenhuma dúvida sobre o que aconteceu – concluiu Lucas.

– O que surpreende nesse caso é o desamor. É difícil acreditar que um pai seja tão desinteressado por sua única filha, que não mantenha uma correspondência com ela. Há quanto tempo ele está fora?

– Isso não sabemos, mas, pelo visto, foi antes do menino nascer, ou logo depois.

– Piorou. Não é mais só a pessoa da filha que deveria lhe provocar preocupação e saudade, tem ainda um neto a exigir atenção do avô. E vocês acreditam que ele não estranhe que a filha não lhe escreva cartas, durante todo esse tempo?

– Isso é um detalhe muito banal para alguém maquiavélico – interpôs Otávio. – É só digitar a carta no computador e, depois, falsificar a assinatura. Quando o velho se afastou, estava tudo bem, haja vista a procuração passada em nome do genro, por essa razão não está predisposto a imaginar qualquer indício de tragédia no panorama que deixou por aqui. Assim, aceita tudo, ingenuamente.

– E se ele resolver voltar? – continuou Leda, curiosa. – Como esse tal Luiz vai dar conta da situação?

– Isso, você não se preocupe – interveio Norma. – Para uma volta intempestiva do sogro ele deve ter um plano 'B'. Diz que a moça foi internada em algum lugar, que vai levá-lo para visitar, embrenha-se com ele em algum canto deserto e o liquida, como fez com a filha.

– Deus me livre!... Este caso está transtornando todos vocês. Estão me parecendo mais autores de romances policiais. Com que facilidade arranjam soluções criminosas para tudo.

– Ora, Leda! Estamos lidando com um camarada mau. De um egoísmo tamanho que, em nome de uma realização pessoal, não titubeou em matar a tal Carminha, privando o filho pequenino, dos carinhos e até mesmo da amamentação proveniente da mãe. Se o sogro voltar, para não ser apanhado pelo seu crime, eu concordo com a Norma, ele provavelmente fará outro crime para encobrir o primeiro.

– Gente! Pela última vez, vamos sair fora desse assunto. Não nos diz respeito.

– Aí que você se engana! Diz respeito a todos nós, cidadãos honestos. Prisão não foi feita só para criminosos menos inteligentes, que não são capazes de construir álibis perfeitos para os seus crimes – retorquiu Norma. – Mais facilmente eu quero ver um bandido desses atrás das grades do que um cara que assalta para alimentar sua família e que, por infelicidade, às vezes, acaba ferindo alguém ao tentar a fuga.

– Esse debate não vai nos levar a nada – questionou Otávio. – Acho que devemos começar a pensar em uma estratégia, visando à obtenção de provas concretas contra esse camarada, se é que queremos puni-lo.

– Na minha opinião, nosso primeiro passo, agora, seria tentar localizar o Clemente – sugeriu Norma. – Acredito ser essa a chave para o esclarecimento de todo o caso.

– O Nélio já está em campo em outra pesquisa, que também considero bastante válida. Hoje à tarde, mal voltou de sua diligência no município de Pedra Branca, partiu para investigar as delegacias circunvizinhas para ver se descobre alguma denúncia sobre o desaparecimento de Carminha. Amanhã, pela manhã, já devemos ter novidades. – Tranquilizou Lucas.

– Espero que esse rapaz consiga alguma coisa.

– Não tenho qualquer dúvida quanto a isso.

Quando Lucas chegou, no dia seguinte, Nélio já estava sentado em sua sala de espera.

– Bom-dia! Pelo visto temos novidades.

– É! Consegui descobrir a informação que procurávamos.

– Então, vamos lá! – disse Lucas, entrando em seu gabinete e convidando Nélio a acompanhá-lo.

Lucas colocou sua pasta sobre a mesa e se encaminhou com Nélio até o pequeno ambiente, no canto do escritório, onde duas poltronas proporcionavam mais intimidade a qualquer conversa, e foi direto ao assunto.

– O que foi que você conseguiu descobrir?

– Encontrei o registro de ocorrência na 4ª DP. Imagine que, no dia 20 de agosto de 2006, o cidadão Luiz Alfredo Tavares procurou a polícia para notificar o desaparecimento de sua esposa Carmem dos Santos Tavares. Alegou, na instrução da queixa, que a mulher dera luz a um menino no dia 19 de julho, fato que lhe originou uma psicose puerperal. Embora merecedora de cuidados especiais, por demonstrar constantes desejos de evasão, tinha terminado por conseguir burlar a vigilância de todos, na véspera, desaparecendo de casa.

E por que esse desaparecimento não chegou até a imprensa para acelerar as buscas? – quis saber Lucas.

– Por causa de uma ressalva que ele, astutamente, inseriu na notificação. No registro, o declarante ressaltou seu interesse em que as investigações fossem realizadas da forma mais sigilosa possível, porque tal tipo de psicose costuma ser passageira, não deixando sequelas, e a credibilidade na esposa não merecia ser maculada por esse procedimento involuntário. Deixou registrado, também, já haver contratado um detetive particular que estava empenhado em solucionar o caso.

– E ficou por isso mesmo?

– Há algumas anotações de sindicâncias que foram feitas, mas, depois, sabe como é... Aquilo é um *moto continuo* de casos a se sucederem e, se o interessado não fica em cima, perguntando por notícias e insistindo no empenho para a solução do seu problema, a história vai se perdendo, substituída por necessidades mais prementes. Como nesse caso a pessoa mais interessada em deixar morrer esse assunto era o próprio queixoso, já se viu que o fato terminou sendo esquecido.

– Em resumo, um crime perfeito!

– Aparentemente, sim.

– E o que nos resta agora? Não podemos acusá-lo apenas com essas parcas desconfianças. Não existe corpo. Pela sua investigação de ontem, o que existe é o caso de uma mulher que desapareceu de casa, tomada por uma psicose que lhe adulterou os sentidos. Só isso. Em resumo, terminamos de mãos atadas.

– Estive pensando em várias coisas – considerou Nélio. – A primeira é descobrir quando começou o caso dele com a modelo, para nos certificarmos se não houve aí um crime passional. A segunda é localizarmos o velho em Portugal. Aliás, nada nos impede de fazermos as duas coisas concomitantemente.

– Ontem, nós já tínhamos chegado à conclusão de que a pista a ser seguida, no momento, deveria ser detectar a presença do Clemente Coelho dos Santos em Portugal. Então você cuida do retrospecto do romance Viviane/Luiz Alfredo, enquanto eu vou pesquisar, através de nossa sucursal em Lisboa, onde pode ser encontrado o sogro dele – propôs Lucas.

– Será que apenas um nome vai ser suficiente para efetuarem essa pesquisa?

– É evidente que seria melhor se tivéssemos mais dados sobre a viagem dele. Quando você obteve aquelas informações, lá em Pedra Branca, sobre o dono da Ouro Verde, ficou sabendo a época em que ele foi para Portugal?

– O camarada que me deu as informações não precisou data. Disse apenas que ele embarcou, deixando os trabalhos da fazenda a cargo do genro. Mas é possível imaginar, mais ou menos, quando ele foi. Se a criança nasceu em julho de 2006, ele deve ter ido, antes de saber que a filha estava grávida, do contrário, teria esperado o nascimento do neto. Presumo que ele tenha ido a partir de 2004 ou 2005. Isso já limita um pouco a época de sua viagem, e deve facilitar para que se descubra, na imigração de lá, quando ele chegou ao país – concluiu Nélio.

– Pensando bem, talvez a data nem seja tão importante assim. Lembre-se de que estamos na era da informação globalizada. Eu acredito que, com os registros informatizados, basta apenas digitar o nome para que fique evidenciada a data em que ele chegou a Portugal. Vou ligar, agora mesmo, para Lisboa, pedindo que se empenhem por lá, no intuito de descobrir por onde anda o Clemente.

– Enquanto você investiga por esse lado, eu coloco os meus perdigueiros no mato, para encontrar as pistas possíveis desse dissimulado romance.

– Sua pesquisa é bem mais difícil – considerou Lucas. – Por onde pretende começar? Não vai querer entrevistá-la, pois não?

– Nada disso. Só preciso saber o nome do produto que ela promovia com exclusividade.

– Isso, eu sei. Era a Lingerie "Top Secret".

– Você sabe em que período ela posou para as campanhas promocionais dessa lingerie?

– Não precisamente, mas também não é difícil calcular – retorquiu Lucas. – Ela deve ter mais ou menos uns vinte e cinco anos, agora. O comentário que ouvi por lá era de que sua carreira de modelo foi dos dezessete aos vinte anos. Então fica fácil. Ela deve ter trabalhado nessa profissão entre 2003 ou 2004, até 2006 ou 2007.

– Perfeito. Com esses dados, já dá para iniciar uma promissora pesquisa. A minha ideia é ligar para a própria "Top Secret", fingindo ter uma pauta sobre emancipação feminina e estar precisando de subsídios sobre a participação de manequins de moda íntima, nessa nova e desenvolta imagem assumida pela mulher.

– E depois, quando não sair nada a esse respeito?... Vão tomá-lo por louco.

– Não vai ser, nem a primeira, nem a última vez, que se planeja uma reportagem e vemos a mesma gorar, sem que saibamos porquê...

– Tem razão. Vá em frente e... sucesso!

– Para você também – disse Nélio, preparando-se para sair.

Mal se encontrou a sós, Lucas ligou imediatamente para Otávio, ansioso por contar os últimos resultados da investigação. Mas não pode falar com ele, pois, naquele momento, o casal tinha acabado de chegar ao hospital e estava na sala do dr. Dirceu, participando dos preâmbulos da consulta de Aninha. Após liberados pelo psicólogo e informado da chamada do amigo, Otávio retornou a ligação, apenas para se certificar do que já imaginava há algum tempo: aquele bandido matara a mulher e criara um álibi convincente para demonstrar sua inocência.

– Com que então as 'loucuras' de Aninha eram mesmo recordações de um outro tempo?... Como aquela pobre alma deve ter ficado marcada para voltar a sofrer as angústias de dores ultrapassadas, dentro da mais absoluta paz de uma nova vida... – lamentou Otávio.

– Por esse exemplo, podemos avaliar a bênção que é o esquecimento que nos é imposto. Esse tipo de memória anterior seria apenas um estorvo.

– Mas, no caso dela, não considero que tenha sido apenas um estorvo. Acredito mais que essas lembranças, apesar de desagradáveis, foram ativadas como um clamor contra a impunidade na qual o assassino lhe pareceu estar vivendo. O que acho lamentável disso tudo é que, embora tendo certeza do que ele fez, acho pouco provável que consigamos as provas necessárias para condená-lo.

Mas Lucas não pensava assim. Estava animado em encontrar a maneira certa levá-lo a julgamento. Contou os novos passos que estavam sendo dados nesse sentido. Tão logo desligasse o telefone, iria se comunicar com a sucursal de Lisboa e tinha certeza de que, dentro de poucas horas, teria informações precisas sobre o paradeiro de Clemente Coelho dos Santos, em terras lusitanas. Nélio, por sua vez, estava empenhado em descobrir os fundamentos do romance extraconjugal do suspeito. O cerco estava se fechando, em torno do criminoso. Quando as provas todas estivessem reunidas, eles poderiam pedir uma investigação oficial, da qual Luiz Alfredo não conseguiria escapar.

Enquanto acompanhava Leda até a ante-sala, onde ela aguardaria o término da consulta da filha, Otávio foi pondo a mulher a par das últimas informações, transmitidas por Lucas, sobre o andamento do caso.

– Pelo visto, a boa vida desse bandido está por pouco – concluiu Otávio. – Ele vai pagar caro pelo que fez.

– Não sei se isso é certo... – aventou Leda. – Esta madrugada, eu perdi o sono e fiquei pensando nesse caso. Não consigo me convencer com a argumentação de vocês. É dramático pensar no que vai acontecer àquele menino, quase da idade da nossa filha. Um pobre órfão, já sem mãe, que vai terminar tendo o pai na cadeia.

– E o que você está querendo?... Que ele seja premiado por seu plano diabólico de liquidar a mulher, ficar com o dinheiro dela, com o filho que ele a impediu de criar e com um modelo de mulher que ele viu nos comerciais e ambicionou ter como sua? Isso você acha certo?...

– Eu não estou discutindo se acho certo, ou não. Estou pensando apenas na criança que não tem culpa de nada disso.

– É um ônus que ela terá que absorver, durante a vida. O que não é justo é que um criminoso fique impune.

– Não sei... Por mim eu não faria nada. O que quer que seja que vocês façam não vai restituir ao Augusto a mãe que ele perdeu. Pelo menos, dentro dessa impunidade, reina uma certa harmonia naquela casa. Casada ou não, Viviane ocupa o lugar da tal Carmem e, segundo apreciação da Leda, é carinhosa com o menino, tanto que, com exceção dela e de Lucas, que estavam baseados em outras informações, todas as pessoas presentes à festa sequer desconfiaram que ela não fosse a mãe verdadeira do menino.

– Eu nem estou acreditando que esta seja sua opinião consciente. Quer dizer que, segundo sua maneira de pensar, devemos deixar aquele crápula impune? – desabafou Otávio.

– Você acha que um homem que cometeu esse tipo de crime fica impune? Já imaginou o desassossego em que vive a consciência dele: medo de ser descoberto; pânico de encontrarem o corpo, onde quer que ele o tenha colocado, e que, com a identificação do cadáver, seu crime seja conhecido; ou que o sogro volte e queira contas da filha desaparecida?... Não, querido, eu acho que os dias e noites dele devem ser infernais. Talvez piores até do que se ele estivesse dentro de uma cela.

– Não acredito que pessoas cínicas, como as que são capazes desse tipo de crime, conheçam a palavra remorso.

– Eu não falei em remorso. Ele pode não ter remorso algum por ter feito o que fez. Eu falei em desassossego, medo de ser descoberto, desmoralizado publicamente, preso. Eu falei em falta de paz de espírito. E você quer coisa pior do que isso... A inquietação das noites a pensar que o dia seguinte pode trazer a verdade sobre os seus atos?...

– Considero você muito benevolente. Não acho que a vida nababesca que anda levando seja punição suficiente para esse camarada. Se tudo ficar definitivamente comprovado, quero vê-lo atrás das grades, como um criminoso que ele é.

– Não se trata de benevolência com ele. A única coisa que move meus pensamentos nesse sentido é o que pode suceder a um menino com esse currículo dramático: filho de um homem que matou a mãe para ficar com o dinheiro dela e casar com outra. Acho que nem todos os psicólogos do mundo vão conseguir dar equilíbrio a essa criança.

– Eu entendo o seu raciocínio nesse sentido. Mas não acho que tal conclusão justifique a impunidade de um criminoso. Se fossemos passar a encarar a coisa por esse lado, a maioria dos crimes terminaria ficando sem punição. O cara que fraudou o serviço público, por exemplo, pegou o dinheiro do governo, isto é, o nosso dinheiro, para viver uma vida de luxo, proporcionando à família o mais absoluto conforto... Com isso deixou uma parte do povo à míngua de necessidades básicas. Mas, pela sua lógica, não deveria ser punido porque, com certeza, os filhos dele, assíduos frequentadores da melhor sociedade nos clubes, nas escolas, iam ser desmoralizados publicamente, sob a pecha de serem filhos de um ladrão, e passariam a ter dramáticos problemas psicológicos. O fato é que quem tem que pensar na saúde mental dos filhos não é a sociedade que pune os criminosos, são os pais, medindo os seus atos para que o futuro deles não seja prejudicado – contra-argumentou Otávio.

– Não havia pensado por esse lado. Estava focada apenas no Augusto, o coleguinha de nossa filha. Deve ter sido essa proximidade que me sensibilizou, a ponto de quase desejar que vocês parassem com essa investigação.

– Sinto muito. Não dá mais para parar! Mas, vamos, está na hora de pegar Aninha. O Dirceu está terminando a consulta.

Dr. Lucas, o Afrânio, da sucursal de Lisboa, já está na linha dois – informou a secretária.

– Alô! – atendeu Lucas. – Afrânio, estou precisando de um grande favor, mas sigiloso, ok?...

– Ora, Lucas, sabe que podes contar comigo para o que der e vier! É só dizeres o que estás querendo.

– Talvez dê um pouco de trabalho, mas eu quero descobrir o paradeiro de um certo senhor, chamado Clemente Coelho dos Santos, que embarcou daqui do Brasil, com destino a Portugal, por volta de 2004 ou 2005.

– Isso não deve ser algo difícil. Vou até o aeroporto e pesquiso o registro de chegadas, durante esse período. O Conselho Consultivo da Imigração tem tudo isso devidamente controlado. Acredito que, hoje mesmo, já te possa passar essa informação.

– Mas não é só comprovar a chegada. Preciso saber o paradeiro dele. Onde está morando?...

– Deixa comigo! – garantiu Afrânio, otimista. – Talvez assim, demore mais um pouco, mas vou sair em campo, agora mesmo.

– Então, um abraço! Vou aguardar sua ligação.

Nem bem desligou, e Afrânio pegou o catálogo telefônico de Lisboa para saber se havia o registro da presença do tal

Clemente, entre os habitantes da cidade. Nada. Se chegara ao país, não ficara por ali, pela capital, ou talvez até mesmo tivesse ficado, mas sem fixar residência; era possível ter optado por se alojar em algum hotel, ou até mesmo em casa de algum parente. É... considerando com um pouco mais de lógica, Afrânio percebeu que fora leviano ao afirmar ao Lucas sobre as facilidades de tal empreitada. Seria uma pesquisa trabalhosa aquela...

Comunicou então à sua secretária que iria até o aeroporto, procurar resolver um problema no Serviço de Imigrantes e Fronteiras. Aproveitou para determinar que, durante sua ausência, ela se encarregasse de pesquisar, em alguns catálogos telefônicos das principais cidades portuguesas, se havia o registro de um certo Clemente Coelho dos Santos.

Em pouco tempo, graças ao dinamismo que lhe era peculiar, lá estava Afrânio estacionando seu carro no estacionamento do aeroporto, e se encaminhando para o Serviço de Imigrantes.

Exibindo as credenciais do *Realidade*, um jornal brasileiro bastante conceituado na cidade, o jovem viu todas as portas se abrirem, sob a forma de um cordial atendimento. Com toda a eficiência digna de um serviço bem esquematizado, foi informado que o senhor Clemente Coelho dos Santos chegara a Lisboa no dia 24 de outubro de 2005, mas sua estada fora muito breve. O visto de saída tinha sido dado em 12 de dezembro do mesmo ano.

Afrânio agradeceu e voltou rápido para comunicar a solução ao amigo. Tinha sido bem mais fácil do que imaginara. Com essa resposta, não seria mais necessário se empenhar em exaustivas pesquisas, tentando encontrar, nos catálogos telefônicos, nos hotéis ou mesmo instalado na cidade, sem qualquer referência especial, o paradeiro do referido cidadão em terras portuguesas.

Ligou para o Brasil.

Tão logo soube que Afrânio estava na linha, Lucas se surpreendeu.

– Como? Sabia que você era eficiente, mas não tanto!... Nem saí ainda para o almoço e você já tem a informação que lhe pedi? Lembre-me de reconsiderar o seu salário – elogiou, sorrindo.

– Não houve grande mérito no que lhe fiz. Praticamente, não tive trabalho algum, além de ir ao Serviço de Imigrantes. O gajo permaneceu em Portugal pouco mais de um mês. Ele chegou no dia 24 de outubro de 2005 e retornou em 12 de dezembro do mesmo ano.

– Retornou?... – quase gritou Lucas, estarrecido. – Como retornou, se, para todos os efeitos, continua aí?

– Isso eu não lhe posso responder. Só sei que esse é o registro oficial. Não há como haver engano. Se o Serviço de Imigrantes me informa que ele retornou ao Brasil, é porque retornou.

– Mas não apareceu por aqui.

– Ele pode ter viajado a outro país, como a maioria dos turistas que vão a vários lugares. Espanha, Itália, França... Aqui é tudo muito próximo.

– Não acredito! É mais plausível que estejamos às voltas com outro crime.

– Crime?...

– É! Foi por isso que lhe pedi sigilo. Não vou explicar essa história, agora, por telefone, porque tem muitos meandros que ainda não deslindamos, mas prometo mandar um *e-mail* contando tudo o que já conseguimos apurar.

– Vou aguardá-lo, ansiosamente.

Lucas desligou o telefone e conteve seu impulso de ligar logo para Otávio. Queria ele próprio, sem qualquer influência de opiniões estranhas, organizar seus pensamentos, completamente desordenados, após essa nova informação.

Com que então Clemente Coelho dos Santos fora fazer uma rápida viagem a Portugal e se perdera pelo caminho?... Mas será que, se isso tivesse acontecido, realmente, ninguém daria por falta dele?... Ou será que a informação que Nélio colhera naquele bar não fora confiável, e o dono da Ouro Verde já tinha voltado há muito tempo?... E, se tivesse voltado, por que o genro aparecia como titular das propriedades do sogro? Teria sido assassinado também? O caso acabava de encontrar um novo complicador.

O pior é que a suspeita de crime se impusera de uma tal maneira em relação àquele caso, que não conseguia dissociar a presença de Luiz Alfredo a qualquer fato incomum que fosse apurado nas diligências que vinham sendo promovidas. Lembrou que, desde o princípio, tinha sido essa a opinião de Otávio e que ele se insurgira contra ela, aconselhando o amigo a ter mais cautela com o juízo que fizesse a respeito do florista. Deveria averiguar primeiro todas as coisas, até ter total certeza da culpabilidade daquele homem. No entanto, ele próprio não estava conseguindo agir de forma diferente, e já o considerava culpado dos desaparecimentos, com ou sem provas.

Pelos pensamentos policialescos de Lucas, as facetas daquela história se modificavam sem parar, propondo as mais diversas razões e maneiras para, não mais um, mas dois homicídios perpetrados por Luiz Alfredo.

Após algumas dezenas de teorias, quando sua mente já começava a baralhar os roteiros, em meio aos quais situava suas duas pobres vítimas, decidiu ligar para Otávio.

– Amigo! Você nem imagina o que acabo de descobrir?...

– Se é sobre aquele crápula, pode falar que estou preparado.

– O sogro dele não está em Portugal.

– Não?!...

– Fez apenas uma viagem de um mês e pouco, por lá. A Imigração registrou a curta duração de sua estada. Para todos os efeitos, teria voltado.

– Vindo para o Brasil?... E onde se encontra?

– Essa é a nova questão...

– Já imagino o que aconteceu... Por mais que eu não espere nada de bom partindo desse Luiz Alfredo, ele sempre acaba me surpreendendo. Aquele bandido também matou o sogro para ficar com suas propriedades. Eu já havia considerado esta hipótese, lembra?

– Foi exatamente o que pensei.

– E o que vamos fazer para provar essa teoria?

– Tão logo o Nélio tenha se desincumbido de sua tarefa, vou pedir que verifique, nos registros do aeroporto, sobre a chegada de passageiros vindos de Portugal, na data que me foi fornecida.

– Se eu tivesse disponibilidade de tempo, ia até lá agora mesmo para ver se conseguia isso. Estou doido para enfeixar todas as provas e mandar esse sujeito para a cadeia - lamentou Otávio. - Essa expectativa está me deixando muito tenso.

- Eu até poderia ir até lá, agora, mas não acho conveniente que este nosso interesse fique comprovado. É melhor mesmo que o Nélio faça isso. Um repórter fazendo uma pesquisa chama menos atenção, porque não vai precisar designar o nome do passageiro que procura, pode pedir apenas a relação dos que viajaram naquela data, sem necessidade de maiores explicações. Desse modo nossa investigação continua a passar despercebida.

- Tem razão.

Otávio desligou o telefone e, da mesma forma que Lucas, pôs-se a dar tratos à bola, enveredando pelos mais sinistros roteiros, na tentativa de imaginar qual o procedimento adotado por Luiz Alfredo para desaparecer com o sogro daquela forma.

Estava em meio a essas ideias, quando, após algumas batidas delicadas na porta, Dirceu entrou na sala.

- Desculpe, mas só agora tive tempo para vir conversar com você - informou o psicólogo.

- Eu fui até o seu consultório duas vezes, para saber como tinha sido a consulta da Aninha, hoje, mas o encontrei sempre ocupado. Nem saí ainda para o almoço, curioso por saber anda o desenvolvimento dela na terapia.

- Engraçado. A impressão que tive é que as lembranças dela estão se desvanecendo. É como se ela estivesse esquecendo rapidamente toda a história antiga. Mesmo hipnotizada, é visível a dificuldade que ela está tendo para lembrar mesmo o pouco que me revelou na primeira consulta. Hoje, interrogada sobre o lago, falou apenas sobre a temperatura da água, dizendo que estava fria, mas sem qualquer comentário sobre estar amarrada ou, menos ainda, revelar desespero por morrer afogada.

- Mas a intenção do tratamento não é essa? Isso não é bom?...

- É ótimo - confirmou Dirceu. - Toda a finalidade da terapia é fazer com que as lembranças desagradáveis percam sua carga traumática de opressão. Se as recordações desaparecem, o perigo de sua influência deixa de existir. O paciente fica livre.

- E como podemos comprovar que esse esquecimento está ocorrendo, realmente.

- Não hoje - orientou Dirceu. - Vamos deixar passar mais alguns dias, a fim de que se consolide essa minha teoria. Então você me convida para ir até sua casa e, a título de mostrar como foi animada a festa de aniversário da Aninha, projeta a gravação que fez. Quero saber qual será a reação de sua filha, diante da aparição do floricultor.

- No próximo sábado, está bem?

- Acho que sim. Neste fim de semana, é provável que já se possa fazer essa experiência.

- Então, fica combinado, desde hoje, o meu convite para o jantar de sábado.

No fim da tarde, Lucas estava ansioso pela chegada de Nélio, mas as horas foram passando sem que ele retornasse com as novidades esperadas. Não resistiu mais à curiosidade e ligou para o celular do jovem. Nada. Estava fora da área de cobertura. Onde teria se metido aquele rapaz?

Parecendo responder a uma convocação telepática, a secretária avisou que Nélio estava na linha dois, querendo falar.

– Alô, chefe! Desculpe não estar aí pessoalmente para lhe prestar contas, mas tive que fazer uma pequena viagem e só volto amanhã. Acho que descobri um veio que não pode ser deixado de lado.

– Me adianta alguma coisa dessa história que você está investigando.

– Estou em Alexandrina, cidade em que nasceu a Viviane. Vim até aqui para tentar descobrir de que forma foi efetuado o 'casamento' dela, sem que a mídia tomasse conhecimento.

– Aqui também tenho uma grande surpresa reservada para você – informou Lucas.

– De que se trata?

– O sogro do Luiz Alfredo não está em Portugal. Ou aquele cara do bar de Pedra Branca lhe deu uma informação errada, ou estamos frente a um novo desaparecimento ou, mais claramente, a um novo crime.

– Puxa! A história está se complicando... – comentou Nélio.

– Já até imaginamos um esquema para que possamos comprovar sua chegada ao Brasil – informou Lucas.

– Pelo visto, minha investigação por aqui não será muito demorada. Amanhã, pela manhã, já deverei estar voltando com novidades e pronto a seguir essa sua nova pista – prometeu Nélio, se despedindo. Já eram quase dezoito horas e tinha coisas a fazer para retornar à capital o mais rápido possível.

Seu primeiro procedimento, ao desligar o telefone, foi procurar um hotel onde passar a noite e, durante o registro, aproveitando o pouco movimento do saguão, começou a conversar com o recepcionista.

– Foi nesta cidade que nasceu a Viviane, não foi?... – perguntou, esperando com isso abrir a tampa de um baú de informações. Afinal, aquela cidadezinha inexpressiva, onde quase nunca acontecia nada de importante, deveria reverenciar a filha ilustre que, lá pelas tantas, com os atributos de sua beleza, incluíra aquele pequeno contorno geográfico no mapa do Brasil.

E Nélio não estava enganado. Cheio de orgulho, o rapaz começou a falar sobre a famosa modelo das lingeries "Top Secret".

As informações preliminares abriram com larga margem o caminho para as pesquisas do dia seguinte. Em sua empolgação, o jovem foi falando onde a menina nasceu, dando informações sobre sua família, onde poderia encontrar os seus parentes, tudo que Nélio tinha desejado ouvir para dar início às suas investigações, mas, aí, foram chegando hóspedes, com suas necessidades mais prementes, e a conversa teve que ser interrompida. Ainda esperou, por algum tempo, ao lado do balcão, depois, achou melhor procurar outro tipo de fonte para não ficar muito evidente o seu interesse exagerado pelo assunto.

Ainda era muito cedo para se recolher, e decidiu dar uma volta pela pracinha da cidade, sem maiores compromissos. Não precisava ter pressa, estava confiante que as respostas choveriam, solucionando as suas dúvidas, tão logo se empenhasse em sua pesquisa. Era só uma questão de aguardar o dia seguinte, quando os seus perdigueiros seriam colocados em campo.

Caminhou algum tempo pelas alamedas vazias, entre canteiros bem cuidados, cujo colorido do gramado e das rosas brilhava amarelado por influência da luz, vinda dos postes pequenos com características antigas, à imitação de velhos lampiões a gás.

Nessa andança descontraída, atentou para a presença de um homem de certa idade, sentado em um dos bancos. O espírito investigativo emergiu rápido. Talvez aquela fosse a pessoa ideal a ser aproveitada como um bom informante. Como vinha caminhando a passos lentos, aproximou-se com naturalidade, sentando-se relativamente próximo ao primeiro ocupante. O senhor examinou-o com a curiosidade peculiar de morador antigo, ao ver uma cara nova pelas redondezas.

– Boa-noite! – cumprimentou Nélio, aproveitando a atenção dispensada pelo olhar atento do companheiro de banco.

– Boa-noite! – respondeu o outro.

– O senhor é daqui de Alexandrina mesmo, ou um forasteiro como eu, aproveitando a beleza e paz desta praça, neste princípio de noite?

O homem sorriu. Velho morador que era, já ficara enfeitiçado pelo elogio à sua cidade.

– Nasci aqui.

– Ah! Então, quem sabe, possa me dar uma informação?... – considerou Nélio, sem perder tempo.

– Se estiver ao meu alcance...

– O senhor conhece a Viviane, que foi modelo da lingerie "Top Secret"?

– Claro! Todo mundo aqui da cidade conhece.

– Eu sou jornalista – disse Nélio, identificando-se. – Estou fazendo uma reportagem para uma revista de modas sobre o curto período de duração de uma carreira de modelo, e um dos casos que resolvi exemplificar em meu trabalho é, exatamente, o caso da Viviane que, no maior apogeu, largou a carreira, ninguém sabe porquê.

– Como ninguém sabe porquê? Ela largou a carreira para se casar.

– Ah! Ela se casou? Mas assim, sem publicidade alguma? Para a mídia, não houve qualquer explicação a justificar o seu afastamento das passarelas.

– O marido não é dado a essas explosões de publicidade, tão a gosto da mídia.

– E quem é o marido?

– Um moço aqui da cidade também. Já tinham sido namorados, em outros tempos, mas o pai dela não admitia qualquer tipo de compromisso entre eles, porque o pretendente era um rapaz já feito e ela muito nova, apesar da bela e desenvolvida aparência que tinha, desde cedo. Então, ele saiu daqui e foi trabalhar na capital. O tempo passou e até parecia que o caso tinha se encerrado de vez, mas, quando ela virou modelo e ficou famosa, ele tornou a aparecer e dessa vez para casar.

– Casou-se aqui na cidade?

– Foi. Mas tudo longe da imprensa e de qualquer badalação. Primeiro ela deixou o emprego, passou uns dois meses por aqui, vivendo uma vida normal, longe dos estúdios fotográficos e, quando se soube, eles já tinham se casado e partido para a capital, onde vivem agora.

– Interessante! Parece que, na realidade, a profissão preferida da mulher termina sendo mesmo a de esposa e dona de casa. Qualquer outra que adotem termina sendo um tipo de "espera marido" – exclamou Nélio, com um sorriso, dando ênfase ao falso argumento sobre a pouca duração da carreira de modelo, com o qual se apresentara para justificar suas perguntas.

– É!... É isso mesmo. Mas o jovem vai me desculpar, agora, porque já está na hora do meu jantar e a patroa me pega se eu chegar atrasado. Espero que consiga sucesso com sua reportagem. Boa-noite e boa estada entre nós – disse o interlocutor, levantando-se e dando por encerrada a conversa.

Nélio ficou frustrado. No momento em que se preparava para entrar na parte mais produtiva da entrevista, e a que realmente lhe interessava, que era o perfil do noivo e sua atuação profissional, o informante se despedia, daquela maneira, sem que ele pudesse fazer qualquer coisa para mantê-lo, sem despertar suspeitas.

– Boa-noite! Eu também tenho que ir para o hotel, jantar – mentiu, levantando-se.

Atravessando a praça em seu caminho de volta, chutando algumas folhas que atapetavam as alamedas, o jovem repórter lamentava o prosaico motivo pelo qual se vira impedido de conseguir, naquela noite mesmo, naquele banco de praça, todas as informações que desejava sobre Luiz Alfredo Tavares.

Quando Otávio chegou em casa, a primeira coisa que Leda perguntou foi sobre os comentários feitos por Dirceu, referentes à consulta de Aninha, realizada naquela manhã.

– Liguei para você, várias vezes, mas, em todas elas, o encontrei ocupado. Resolvi então refrear a minha curiosidade e esperar pelas informações que você traria quando viesse para o jantar. Era certo que as notícias não podiam ser ruins; se fossem, eu sei que você teria me colocado a par, imediatamente.

– E não são mesmo, pelo contrário. Dirceu tem a impressão de que Aninha está esquecendo, com rapidez, todos os retalhos dessa história antiga. Contou que, mesmo hipnotizada, foi um custo, hoje, extrair dela qualquer coisa nesse sentido, mesmo como resposta a perguntas dirigidas, exclusivamente, com essa finalidade.

– Graças a Deus! Ele tem certeza mesmo de que essas lembranças estão se apagando?... Que não é só um esquecimento temporário? Que não corremos mais o risco de que elas voltem a afetar nossa filha?...

– Por enquanto, não a certeza total. Acredita, porém, que essa convicção possa ser obtida no sábado. Já marquei até um jantar ao qual ele virá como médico da Aninha, mas disfarçado em convidado, apenas. O Dirceu quer ver a gravação da festa de aniversário, ao lado dela, para poder avaliar sua reação, diante da aparição do Luiz Alfredo.

– Ah! Deus queira que ele obtenha essa segurança. Só assim voltará a paz de espírito, nesta casa.

– Nem tanto – objetou Otávio. – Sabe que descobrimos que o sogro do Luiz Alfredo retornou de Portugal, logo depois que foi para lá? Ficou apenas um mês e pouco fora.

– E o que é que nós temos com isso?...

– Ora, Leda!... Não vamos começar de novo a discutir sobre interesses diretos e interesses éticos.

– Mas não vê que, se a Aninha está ficando curada, talvez seja para nos liberar dessa obrigação de averiguar coisas e vingar a morte da tal Carminha?

– Pelo contrário. Agora é que eu me sinto no dever de dar continuidade a esse caso. Parece que o pouco que ela lembrou foi exclusivamente para nos pedir um tipo de ajuda e, se está começando a se permitir um pouco de descanso, agora, é porque, não sei de que forma, sabe que estamos agindo para levar seu assassino ao encontro com a lei.

– Por que você acha que ela precisaria disso?... Nada pode ser feito para mudar o momento em que ela foi sacrificada!...

– Aí que você se engana. Claro que pode. Você não vê que foi como se nos encarregasse desvendar o crime? Há um crime em pauta, talvez até dois, pois eu e Lucas acreditamos que ele matou o sogro também. E isso não pode ficar impune. O fato de ela tê-lo visto vivo, livre, frequentando uma festa ao lado do filho deve ter ativado sua revolta, por saber que foi ele quem a privou do seu inalienável direito à vida.

– Que outros, que não nós, investiguem esse caso. Essas pessoas devem ter amigos, parentes, conhecidos para lamentar seus desaparecimentos e dar início a um tipo qualquer de busca.

– Sinto muito desapontá-la, mas parece que nós fomos os encarregados desse procedimento. Sou daquela espécie de pessoas que não acredita em coincidências. Tenho plena convicção de que nada acontece por acaso. Há uma premeditação maior em tudo. E se foi em nossa casa que surgiram os indícios dessa verdade, sinto que deva partir daqui o empenho para que essa verdade seja restabelecida. Estamos envolvidos nessa história até o pescoço, quer você queira, quer não. Lembro que, uma das coisas que você me falou outro dia, foi que devíamos deixar esse caso para lá, pois o Luiz Alfredo já deveria estar sendo punido pela intranquilidade, nem devendo dormir as noites, com medo da volta do sogro a exigir contas da filha, lembra?... Pois muito bem! Sabemos agora que ele nem precisa ter essa preocupação. Pelo visto, cuidou muito bem desse detalhe. Percebe agora com quem estamos lidando?...

– São coisas que ainda não temos certeza...

– Você pode não ter. Mas eu estou praticamente certo de que ele seja um bandido astuto e perigoso. Só garanto que, apesar de sua esperteza, ele não contava que forças superiores fossem acionar um grupo, também ardiloso, para se empenhar em denunciá-lo. E, falando nisso, vou ligar para o Lucas. Preciso me informar dos novos detalhes obtidos pelo repórter que foi colocado em campo, seguindo as pistas astuciosamente camufladas por esse malfeitor.

Mas Lucas tinha pouco a informar, mas boas perspectivas para o dia seguinte. Nélio estava na cidade em que nascera Viviane, pronto a colher informações sobre o falso casamento da modelo.

– Estou aguardando ansiosamente a volta dele, para podermos apurar o segundo mistério – em que circunstâncias desapareceu o Clemente – confessou Otávio

– Pode estar certo de que não vai esperar muito. O que ele tem a fazer, na cidade onde está, é muito pouco, e Nélio é suficientemente ágil para resolver tudo com eficiência. Ele acredita que amanhã mesmo, pela manhã, já dá para encerrar suas pesquisas por lá.

– Tenho também uma boa novidade para você – informou Otávio. – Acredita que Aninha está esquecendo detalhes de sua vida pregressa, parando de recordar fatos vividos pela tal Carmem?

– Não diga? Mas isso é muito bom. Leda deve estar feliz com essa notícia...

– O Dirceu tem quase certeza disso. Na consulta de hoje, nem hipnotizada ela conseguiu falar sobre o assunto. Não é estranho isso?

– Vai ver que tais recordações não são mais necessárias. Seu intuito poderia ser só o de alertar alguém sobre os atos criminosos do Luiz Alfredo para que ele pudesse responder pelos seus atos.

– Puxa, Lucas! Parece até que combinamos interpretar do mesmo modo esse insólito procedimento de Aninha. Se você tivesse ouvido minha argumentação de há pouco, aqui com Leda, não teria sido tão preciso.

– É bom ter certeza dessa identidade.

– Pelo visto, assim como eu, você também acha que devemos levar essa investigação até o fim?...

– Nem tenho qualquer dúvida quanto a isso! E tem mais... Se, no ponto em que está, você decidisse parar, eu continuaria sozinho. Estou tão envolvido nesse caso que não saberia pôr uma pedra em cima dele, antes de ver o seu desfecho.

– Eu sei que sua alma de jornalista não iria dar essa trégua a um fora da lei. Mas pode ficar descansado que não vou lhe dar esse gostinho de bancar o super-herói sozinho, não!... Estamos juntos nessa! Até que estou gostando desse aditivo de detetive em minha pacata vida de clínico. Descobri que procurar os descuidos de um bandido é bem mais excitante do que ficar procurando doenças.

Ao chegar ao hotel, Nélio achou melhor aproveitar o tempo restante para descansar. No dia seguinte, então, já refeito da viagem, começaria cedo a pesquisa, entrevistando o maior número possível de pessoas, de forma a traçar um perfil condizente com o verdadeiro caráter de Luiz Alfredo.

Mas o destino lhe preparara novas fontes de informação para aquela mesma noite. Precisando pegar seu paletó, que havia ficado no carro, foi até o estacionamento do hotel. Ao passar pela guarita, cumprimentou os dois homens, interrompendo a conversa que mantinham, pois um deles, que lhe pareceu ser o vigia, se dispôs a segui-lo até o local onde seu carro ficara estacionado.

Era um homem humilde, aparentando uns sessenta e poucos anos, convenientemente embrulhado em uma jaqueta de lã azul-marinho, própria para enfrentar o frio que se anunciava para a madrugada, e um gorro de lã cinzento a lhe cobrir parte das orelhas. Por gentileza, mas também pelo interesse que o levara até Alexandrina, Nélio foi aproveitando o percurso para tentar descobrir alguma coisa, enquanto caminhavam em direção ao box em que ficara o carro. Usualmente, pouco considerado entre as pessoas que entravam e saíam do estacionamento, o velho ficou surpreso com a deferência do novo hóspede, que o distinguiu com sua curiosidade sobre os habitantes do local, fazendo perguntas e se interessando em ouvir suas respostas.

E Nélio, astutamente, usando o assunto sobre a modelo famosa como uma verdadeira ferramenta, foi conduzindo o disfarçado interrogatório para o personagem principal de sua pesquisa – Luiz Alfredo, sobre o qual, até aquele momento, havia conseguido poucas informações.

– Ah! O Alfredinho?... Um bom garoto, embora muito ambicioso. Mas acho que isso até é bom, em certos casos. No dele foi. Sua família era pobre: o pai servente de pedreiro e a mãe costureira. Dessa forma, aqui, ele não ia ter jeito de melhorar de vida, mesmo. Foi então procurar outro destino na capital. E deu sorte. Foi subindo no emprego e na vida, e, hoje, ao que dizem, é um cara muito rico. Virou empresário. Mas não lhe falei que ele era um bom garoto? Enricou mas não esqueceu dos pais. A casa em que eles moram, agora, é um luxo só, no melhor bairro da cidade, onde só tem grãfinos. Foi ele que comprou para eles.

– E quando ele se casou com a modelo? – quis saber Nélio.

– Isso tem uns bons cinco anos. Eles já tinham sido namorados antes, mas ele era pobre e ela muito nova, e o Aristides, pai dela, não deixou continuar o namoro. Depois, como ela tinha virado modelo de calcinha e sutiã e o pai ficava muito humilhado de ver a filha pelada daquela maneira, nos anúncios das revistas, até gostou quando o Alfredinho apareceu por aqui, querendo casar com ela. Ainda mais porque agora ele estava rico, veio num carrão, já tinha mudado a família para um bairro importante. As coisas estavam muito diferentes dos velhos tempos. Então ele consentiu.

– A cidade deve ter sido invadida por muitas celebridades, para assistir ao casamento dela, não? Na época em que ela deixou de ser modelo, já era muito famosa.

– Nada disso. O Alfredinho tem muito ciúme da Viviane e não quis mais nenhuma fofoca em torno da noiva. Quer que todo mundo esqueça o tempo que a mulher passou posando para fotografias, sem roupa. Sabe como é cidade do interior, não é?... A moça acaba ficando falada. Eles nem costumam vir visitar a família. Se têm vindo aqui, é escondido, porque ninguém toma conhecimento nem da chegada, nem da saída deles.

Nélio não precisava mais ficar, durante o dia seguinte, para descobrir coisa alguma naquele lugar. A resposta de como o rapaz enriquecera positivamente não estava ali e, para completar a biografia de Luiz Alfredo, só faltava saber como conhecera Carmem, uma pessoa cuja identidade a cidade parecia ignorar.

Após o jantar, ainda no saguão do hotel, mas sem coragem de abordar mais ninguém para falar sobre o assunto, chegou a conclusão de que faltava ainda um dado importante sobre o suspeito. Para onde fora o Alfredinho quando saíra da cidade? Onde começara a trabalhar, para justificar essa escalada social assombrosa com que explicava sua fortuna aos seus conterrâneos?

É, precisava de mais algumas horas ou, do contrário, ficaria faltando um elo importante nessa corrente, com a qual pretendia encadear o bandido.

Acordou cedo e, quando foi pegar o carro, para dar mais uma volta pela cidade, a troca entre os garagistas já havia se efetuado. O velho e simpático senhor da véspera não estava mais, tendo deixando em seu lugar um homem bem mais jovem, com uns quarenta anos, aproximadamente.

Mal fez referência ao carro que viera buscar e rumos novos foram se abrindo à perspectiva que acalentava.

– Ah! O senhor é o repórter que esteve ontem à noite conversando com seu Inácio?

– Sim! Fui eu.

– Eu fui amigo do Alfredinho, desde criança. Estudamos juntos, fizemos muita farra juntos em nossa adolescência. Depois, ele foi embora para a capital e eu, igual um bobo, tive medo da aventura e preferi ficar por aqui mesmo. Veja só. Agora ele é milionário e eu empregado desse estacionamento do hotel.

– A vida é assim mesmo, premia uns, enquanto exige demais de outros – amenizou Nélio. – Qual é o seu nome?

– Custódio.

– Pois é, Custódio, mas agora, com um amigo rico, você tem chance de conseguir alguma coisa boa, lá na capital. Uma oportunidade para um bom emprego, sem ter que passar pelas dificuldades que ele, com certeza, deve ter conhecido de perto, quando chegou lá sem conhecer ninguém.

- Qual o quê! Parece que ele nem quer mais lembrar daqueles tempos das vacas magras. Deu uma casa rica para os seus velhos, mas eu acho que foi para ficar em paz com sua consciência; nem volta aqui, vez por outra, para saber como eles estão passando.

- Mas seu Inácio me disse, ontem, que ele era um bom rapaz, meio ambicioso, mas muito bom.

- Isso antes. Quando era pobre e dividia miséria. Dividir riqueza é outra coisa. As pessoas acham que vão ser trapaceadas.

- Mas onde foi que ele se empregou para conseguir ficar assim tão rico? As coisas na capital não costumam ser fáceis para quem chega, vindo das cidades do interior. A competição é violenta. É lobo devorando lobo. Qual o grau de instrução dele? - perguntou Nélio, abordando a questão, cuja resposta ainda lhe faltava para entender melhor aquela história mirabolante da escalada de Luiz Alfredo.

- Igual ao meu. Só estudamos até o segundo grau. Aqui não tem nenhuma faculdade. Mas tem uma coisa a favor dele que deve ter pesado: ele é muito inteligente. Arranjou trabalho em um laticínio e eu acho que o dono, além de ter ido com a cara dele, deve ter gostado de sua criatividade, porque ele progrediu foi lá dentro.

- Deve ser um laticínio importante para fazer alguém enriquecer em tão pouco tempo.

- É o Coelho Santos, um dos maiores do país, exportam leite e derivados já industrializados para toda a América Latina.

- Mas eu ainda acho que, se você o procurasse pedindo uma oportunidade, ele não negaria isso a um velho amigo.

– Nega sim. Já até negou. Logo no princípio, quando ele estava vindo aqui mais amiúde para acertar a compra da casa dos pais, eu fiz isso. Falei com ele que minhas ideias tinham amadurecido e eu já estava disposto a ir tentar a vida na capital. Sabe o que ele disse? Vai sim. Você vai gostar.

– Não estou entendendo sua queixa? Ele até lhe deu força...

– É porque a conversa não ficou por aí. Quando eu perguntei a ele se podia morar em sua casa, enquanto me ajeitava. Ele disse que não, olhando bem em minha cara e com um destaque expressivo em cada uma das letras da palavra, para fortalecer sua negativa e me impedir, pela humilhação, de voltar a tocar em tal assunto.

– Mas não procurou se justificar, por que não podia lhe ajudar? Se estava morando com alguém?

– Nem eu quis saber. Fiquei com tanta vergonha que dei o assunto por encerrado, sem falar mais uma palavra. E nunca mais cheguei perto dele.

– Pelo visto eu agora tenho dois perfis de uma mesma pessoa. Mas é fácil escolher o verdadeiro. Diante do que você me disse, só posso conceber uma coisa: Seu Inácio está muito enganado com a personalidade desse Alfredinho – disse Nélio, entrando em seu carro.

– Não foi só o seu Inácio, não! Tem muita gente por aqui que se enganou com aquele tipo. Ele não é bom. Ou talvez até fosse, e o dinheiro estragou ele...

Vencendo uma vontade horrível de contar ao Custódio, quem era verdadeiramente o Alfredinho, Nélio ligou o motor, mas, antes de dar a partida, a título de consolo, resolveu reproduzir para o jovem um ditado que sua mãe repetia com frequência para o consolo dos aflitos, quando tudo parecia estar dando errado.

– Não há de ser nada, Custódio! Às vezes, quando menos se espera, a vida dá uma guinada para ensinar a gente que não há bem que sempre dure, nem mal que nunca se acabe.

E ganhou a estrada, já agora com o perfil de Luiz Alfredo muito bem delineado.

Nem foi em casa. Ligou para a mãe da rua mesmo, a fim de tranquilizá-la, e partiu direto para o jornal.

Lucas tinha chegado cedo. Não via a hora de se encontrar com Nélio, para saber tudo que ele tinha conseguido descobrir e encarregá-lo da pesquisa no aeroporto sobre a data de chegada do Clemente.

Desde que Otávio lhe pusera a par daquele assunto, não conseguia pensar em outra coisa. O caso, primeiramente, lhe fascinara por sua estranheza. A pista de um crime fornecida por um espírito reencarnado era uma coisa tão irreal que, se fosse outra pessoa que tivesse lhe falado sobre tal assunto, não teria dado o menor crédito. Depois, à medida que foram seguindo intuições e descobrindo pistas que levavam a aceitar como possível a absurda situação, a empolgação foi se assenhoreando dele, com laivos de vaidade, por estar desvendando a parte oculta do que poderia ser considerado como um crime perfeito, não fosse pela informação fantástica que haviam recebido.

Estava em meio a esses pensamentos, quando Nélio se fez anunciar.

– Bom-dia, chefe! – saudou com o seu sorriso branco e um bom humor que fazia prever auspiciosas notícias.

– Pela sua cara, dá para perceber que realmente este é um bom dia. Seus olhos estão tão radiantes que já antevejo a quantidade de informações favoráveis que você conseguiu por lá para elucidarmos de vez esse caso.

– Também, ainda não dá para tanto. Mas posso lhe dizer que a viagem foi bastante proveitosa. Descobri coisas que sequer imaginávamos sobre o nosso suspeito.

– Então, vamos lá – convocou Lucas, encaminhando-se para uma das poltronas, enquanto Nélio se acomodava à sua frente.

Durante quase uma hora, todos os pormenores da viagem foram relatados.

– Com que então o cara é um canalha mesmo, hein? Não escapa sogro, esposa, amigo, ninguém?

– É mesmo! Tem o caso do sogro!... – falou Nélio, lembrando a informação que recebera de Lucas, quando ainda estava em Alexandrina. – Você descobriu que ele não está mais em Portugal. Mas como pode ser isso, se, segundo consta, não voltou ao Brasil?...

– Por isso é que eu estava torcendo para que você voltasse logo. Descobrimos que o Clemente Coelho dos Santos chegou a Lisboa em 24 de outubro de 2005 e voltou em 12 de dezembro do mesmo ano. Ficou lá apenas um mês e pouco.

– E para onde foi?

– Eu e o Otávio achamos que foi pro brejo. Segundo os dados que temos, ele matou o sogro, antes mesmo de matar a mulher. Já estava de posse de uma procuração, podia usar e abusar dos bens do velho.

– Não estou bem certo qual foi a data em que ele notificou à polícia o sumiço da mulher – disse Nélio, puxando a agenda do bolso.

– É isso, sim! A última notícia que se tem do Clemente é seu embarque para o Brasil em 12 de dezembro de 2005. A queixa que o Luiz Alfredo deu na delegacia de polícia sobre o desaparecimento da Carmem, foi em 20 de agosto de 2006, quando informou que a mulher tinha fugido na véspera, oito meses depois.

– Eu vou até o aeroporto ver se ainda encontro esse registro, mas, mesmo que encontre, não acredito que essa informação nos dê oportunidade de localizar o sogro dele.

– Localizar o sogro dele, realmente, essa prova não vai nos ajudar, mas ela pode nos ser muito útil. Peça uma cópia da folha do registro dessa chegada para que possamos anexá-la como prova ao dossiê que estamos preparando para poder incriminar o Luiz Alfredo.

– Bem pensado. É importante termos provas de que ele voltou para o Brasil, enquanto lá no município de Pedra Branca as pessoas ainda acreditam que ele esteja em Portugal. Mas, tão logo tenha obtido essa prova, eu vou até o Laticínio Coelho Santos ver o que descubro por lá.

– As peças estão se encaixando. Agora está mais ou menos claro como ele se aproximou da Carmem. Se ele arranjou emprego no laticínio e o pai da moça era encantado com o trabalho dele, fica explicada a facilidade com que ele passou a fazer parte da família.

– Eu sei disso. Mas, mesmo assim, gostaria de conversar com algum empregado antigo da empresa.

E lá se foi Nélio, entusiasmado, para se desincumbir das atribuições que lhe foram confiadas e, ao mesmo tempo, guiado pela perspicácia do seu temperamento, para a qual cada detalhe teria uma importância fundamental na solução daquele caso.

Mas uma nuvem escura ameaçava se formar naquele céu, onde tudo parecia ter respostas favoráveis.

Nessa mesma manhã, mal Nélio deu partida em seu carro, afastando-se do hotel em direção à estrada que o conduziria para fora do município de Alexandrina, Custódio começou a pensar que havia algo de muito estranho naquela história. Aquele cara parecia muito interessado na vida do seu ex-amigo. Um jornalista querendo saber coisas a respeito do Alfredinho? Por que seria? O que estaria havendo de errado com ele?...

Até às quinze horas, quando habitualmente encerrava o seu expediente, no estacionamento, Custódio ficou guardando e liberando carros, mas com um só pensamento a lhe martelar a consciência: o que teria feito o Alfredinho para estar com um repórter em seu encalço?

Pensando bem, podiam ser muitas coisas. Vai ver que nem era uma coisa ruim. Quem sabe o Luiz Alfredo, agora um homem importante, resolvera entrar para a política e alguém decidira sondar o seu passado, buscando informações sobre seu caráter, em sua terra de origem? Pior é que ele falara demais. Se fosse um inimigo político, disfarçado em repórter, fazendo essa pesquisa, as informações que dera poderiam ser aproveitadas para enlamear o caráter de qualquer candidato.

Mas era bem feito! Não falara nenhuma mentira. Ele não merecia confiança mesmo... Não sabia respeitar uma amizade...

E lá ia Custódio, entre vingativo e esperançoso, a deixar correr a imaginação, de pensamento em pensamento. Quem sabe se essas coisas tinham acontecido diante de suas vistas, para que ele pudesse aproveitar a oportunidade, se fazendo presente nas boas graças do ex-amigo? Ele nunca entendera porquê, de uma hora para outra, Alfredinho se modificara tanto. Ficara tão estranho, a ponto de não permitir que ele, companheiro de tantas boas horas, fosse viver às suas expensas na capital, pelo menos por uns tempos, até se aprumar. Como se o pouco que ele pudesse gastar, patrocinando essa estadia, tivesse algum significado no montante de sua fortuna.

Mas uma esperança teimava em querer emergir em meio a amargura de uma grande decepção.

Quem sabe! Pensava. Talvez, se, no momento atual, desse mostras de fidelidade, o Alfredinho mudasse seu tratamento para com ele, revertendo a situação de descaso existente. Era provável até que voltasse a considerá-lo como amigo... E ser aceito em seu círculo social, atualmente, representava privilégios especiais, inimagináveis para um guardador de carros. Era uma opção que valia à pena ser considerada.

Quando deu por conta de onde estava, viu que, impulsionado pelos seus pensamentos, tinha andado muito, estando agora em frente ao palacete que Luiz Alfredo comprara para os pais.

Era o próprio destino tecendo suas teias. Viera parar ali, inconscientemente, como se uma força estivesse determinando o que ele deveria fazer.

Tocou a sineta do portão.

A própria dona Cremilda, que estava sentada na varanda, levantou-se para ver quem estava chegando.

– Oi, Custódio, é você? Há quanto tempo não o vejo, meu filho. Você não procura mais a gente. Acho que só ia à nossa casa por causa do Alfredinho. Depois que ele foi embora, você esqueceu de nós. Fingia gostar tanto do meu bolo de cenouras, e nunca mais voltou para comê-lo.

– Que nada, dona Cremilda. É a vida que empurra a gente para outros lados. A senhora nem sabe como sinto saudades do seu bolo de cenouras. Nunca mais comi outro igual. Mas não é só dele que sinto falta. É do carinho especial com que a senhora sempre me tratou.

– Então venha sempre, menino. Esta casa é grande, mas muito desanimada. Falta vida nela.

– O Alfredinho não tem vindo?

– Aquilo é um desgarrado. Até para telefonar é uma dificuldade.

– Falando em telefone – interrompeu Custódio –, foi por isso mesmo que eu vim aqui. Gostaria que a senhora me desse o telefone do Alfredinho. Tenho um assunto a tratar com ele.

– Mas senta aí para tomar um café comigo – disse dona Cremilda, enquanto tocava uma sineta chamando a empregada. – Dolores! Traga um café para nós e a minha agenda, também.

Enquanto a empregada se afastava, ela explicou:

– Ligo tão pouco para o meu filho, que nem sei o seu telefone de cor. Há muito tempo, senti que meus telefonemas não eram do agrado dele. Ele falava por monossílabos, nem me dava chance de contar alguma coisa acontecida aqui na cidade, dizendo estar ocupado para tal tipo de comentários. Esse comportamento dele fez com que eu fosse espaçando minhas ligações, cada vez mais, até chegar ao que acontece hoje em dia: se ele telefona, eu falo com ele, se não, ficamos sem notícias.

– Eu também achei que ele mudou muito – concordou Custódio, com visível amargura na voz e já disposto a desabafar com a mãe do ex-amigo.

Mas aí falou mais forte o sentimento de mãe, aquele que supera tudo, sempre pronto a esquecer as mágoas, as ingratidões e se erguer defensivo, na proteção do filho.

– Manter grandes negócios não é nada fácil, Custódio – alegou dona Cremilda, interrompendo as queixas que pressentiu prestes a serem confessadas. – O preço que se paga pela riqueza é muito alto. Tudo é muito desgastante. Eu sempre penso que a gente é mais feliz quando é mais pobre. Dá valor às coisas simples e termina se contentando mais facilmente. Às vezes, eu tenho muita pena do Alfredinho, acho que ele ficou perdido, depois que ficou rico – continuou dona Cremilda, esforçando-se para justificar o comportamento indiferente do filho, ao perceber que Custódio também ficara com uma opinião desabonadora sobre ele. – Pobre do meu filho! Tão isolado de todos.

Custódio percebeu que a voz da mãe tinha falado mais alto e resolveu engolir as suas queixas. Pegou o número do telefone, tomou o cafezinho, prometeu que daquele dia em diante voltaria ali com mais constância, despediu-se da senhora que havia aprendido a amar como pessoa de sua família e retirou-se.

Agora, andando pelas calçadas bem pavimentadas do elegante bairro em que passara a residir a família de Alfredinho, rodava entre os dedos o pequeno pedaço de papel em que constava o número do telefone do ex-amigo, da mesma forma que em sua cabeça girava um único pensamento:

Telefonar ou não telefonar?... O que quer que viesse a fazer, era apenas uma questão de decisão sua.

No vasto saguão do aeroporto, ecos estranhos misturavam no turbulento espaço os avisos de partida com as vozes de centenas de pessoas a se reencontrar ou despedir. Aquele, era um lugar a que Nélio quase nunca vinha, mas onde sempre se sentia à vontade, envolvido pelas expressões felizes dos viajantes a empurrar os seus carrinhos repletos de malas.

Essa visão era uma das chaves que abria a porta dos seus sonhos. Ainda iria fazer uma viagem assim... Longa... Rumo a outro continente, levando sua sede de conhecimento para outros cenários. Ver o mundo que conhecia em imagens frias, impresso nas páginas dos jornais, nos *folders*, nos livros ou pelas telas da televisão, pululando de vitalidade à sua volta. Falando línguas cujo significado ele nunca identificaria, mas que sabia serem expressões comuns, referindo-se ao lado emocional ou material da vida, como as usadas com outras letras e sons, por todas as outras partes do mundo.

Mas seus sonhos podiam esperar, as obrigações não. Sabia que seu dia ia ser complicado. Na parte da tarde, pretendia ir até o laticínio, de preferência durante uma troca de funcionários, para se entrevistar com algum empregado com características de antiguidade no serviço. Agitado por essa lembrança, encaminhou-se para o balcão de uma das linhas aéreas que faz o percurso Brasil/Portugal.

Apresentando as credenciais do jornal, pediu para ver a lista de passageiros saídos de Lisboa com destino ao Brasil, no dia 12 de dezembro de 2005.

- Infelizmente, não podemos fornecê-la com essa presteza que o senhor deseja - informou a recepcionista. - Gostaria que o senhor procurasse o senhor Antônio Ferreira, o nosso gerente, que, por certo, haverá de providenciar o que pede, com a maior rapidez que lhe seja possível.

Nélio não desanimou, encaminhou-se para o escritório da companhia e, a era dos computadores, mostrou que as coisas não eram mais tão complicadas assim. Foi só acessar a data, que uma profusão de nomes surgiu na tela, em ordem alfabética, permitindo que fosse confirmada, imediatamente, a presença de Clemente Coelho dos Santos, e rolou pela impressora, diretamente para as mãos do repórter.

De posse de uma cópia, Nélio saiu daquele mundo, portal de outros tantos mundos, e foi buscar o seu carro no estacionamento. Dali mesmo, ligou para Lucas tranquilizando-o. Estava ali mesmo, diante dele, uma das provas aceitáveis em qualquer tribunal, que iria colocar o Luiz Alfredo na cadeia. O caso tinha conseguido escapar de suas insólitas origens, adquirindo agora características concretas de normalidade, aceitáveis em qualquer tribunal.

A ansiedade de Lucas intimou o repórter a voltar ao jornal. Almoçariam juntos e, na parte da tarde, então, ele iria até o laticínio.

Foi um almoço movido a empolgação. Em parte, porque a relação do vôo, provando a presença de Clemente, já estava ali, diante deles, e, por outro lado, pelo estabelecimento de estratégias que teriam que ser adotadas, dali em diante.

– Daqui para frente, precisamos ter muito cuidado – recomendou Lucas. – Até então o Luiz Alfredo nunca poderia imaginar que alguém pudesse desconfiar dele. Tinha se esmerado na camuflagem de todos os seus passos e, pelo visto, nem as pessoas mais próximas desconfiavam de suas atitudes criminosas. Agora a coisa mudou. Gente estranha está investigando, e é bom nos prevenirmos quanto ao fato de que, de alguma forma, isso possa chegar aos ouvidos dele.

– Como ele poderia saber de nossas investigações? Pelo que descobri em Alexandrina, ele não aparece na cidade e nem telefona para a família. Mais inadmissível ainda é passar pela cabeça dele que temos a relação de passageiros do vôo no qual o seu sogro voltou para o Brasil. Por que alguém iria se interessar por isso?... Para descobrir os nossos passos, só tendo uma bola de cristal. Você pode ficar descansado, se não for por artes mágicas, acredito ser impossível para ele adivinhar o que estamos fazendo.

– Cuidado nunca é demais! Agora à tarde, por exemplo, você vai até o laticínio. O empregado que você selecionar para fazer suas perguntas pode muito bem tentar se fazer de simpático, contando para o chefe o seu aumento de popularidade na mídia, já que um repórter está interessado em sua vida. Tome bastante cuidado com a forma como se apresenta, para que o nosso homem não suspeite que estamos fechando o cerco – aconselhou Lucas.

– Fique tranquilo, chefe. Não estou acostumado a lidar com bandidos, mas não sou tão tolo a ponto de abrir a guarda para um cara como esse. Já deu para saber com quem estamos lidando.

E Nélio seguiu confiante para a complementação de sua pauta para aquele dia.

À noite, como já estava se tornando habitual, Lucas e Norma foram jantar com Leda e Otávio. Tinham muitas novidades, sendo que uma delas não podia apenas ser contada, tinha que ser mostrada.

Com eles, a relação de passageiros do vôo vindo de Lisboa e a confirmação da chegada de Clemente.

Sem acrescentar qualquer coisa que pudesse agravar o maquiavélico perfil de Luiz Alfredo, Lucas foi contando toda a experiência que Nélio tivera em Alexandrina ao conversar com populares sobre o eminente filho da terra.

Falou sobre o namoro antigo e indesejado, sobre o enriquecimento, comprovado pelo testemunho de vida que vinha dando. A compra da casa para os pais, a desconsideração com o amigo e sobre o 'casamento' com a modelo para o qual ninguém foi convidado

– Engraçado – falou Otávio –, desde ontem à noite, eu comecei a ter um certo receio, por causa desse nosso envolvimento amadorístico com um bandido tão melífluo quanto esse.

– O que você acha que ele pode fazer? – quis saber Norma. – A situação dele é de inferioridade. Primeiro, que nem de leve pode imaginar que pessoas estranhas, inteiramente fora de seu círculo de relacionamento ou amizade, possam ter desconfiado de seus crimes. Depois, mesmo que desconfiasse, até chegar a nós, seria quase um ato de magia, tal a característica absurda que nos levou a desconfiar dele.

– Parece até que você colheu a impressão do Nélio sobre o assunto. Ele considera a mesma coisa – informou Lucas –, que só por artes de magia ele pode descobrir que estamos em seu encalço.

– Eu não acho isso. Desde o começo eu tenho medo – retrucou Leda. – Podem até me criticar pelo que vou dizer, mas, diante de tudo que vejo, quase posso me considerar como se fosse de um outro mundo. Não consigo conceber essa agressividade que campeia atualmente por aí. Sou uma pessoa que não costuma ler notícias sobre crimes, ver filmes violentos, perder tempo assistindo a esses programas de miséria humana exposta, tão a gosto de certos canais de televisão. Por isso tudo que acabo de confessar, já dá para vocês terem uma noção da dificuldade com que venho lidando com essas memórias de Aninha. Tudo que lhe é relativo me amedronta.

– Eu compreendo você – falou Lucas. – Apesar de trabalhar com esses assuntos, ter o meu dia envolvido inteiramente com fraquezas, ambições e vaidades humanas, há um lado meu sensível a uma outra forma de vida. Tanto que, hoje, eu até avisei o Nélio para se resguardar. Já tivemos a nossa fase de anonimato total, na qual, nem se esse camarada fosse mágico, poderia saber que desconfiávamos dele. Mas agora a coisa começou a se modificar. Vamos ter que começar a colocar nossa cara na reta, e não tem outro jeito. O que podia ser feito no maior sigilo foi feito. Daqui pra frente vamos ter que nos expor.

– Você também está com maus pressentimentos? – perguntou Leda.

– Não se tratam de pressentimentos. Não é uma coisa extrassensorial a colocar o meu sistema de defesa em guarda, como se estivesse me enviando avisos de situações pré-cognitivas. São os meus conhecimentos próprios da vida que estão me alertando. Sei a forma como o ser humano acossado se comporta para se proteger contra o perigo de perder as posições conquistadas. Quanto pior for a maneira utilizada para essas conquistas, pior será a maneira com que ele defenderá a manutenção de sua posse. E eu acho que o Luiz Alfredo, se por acaso se descobrir ameaçado, vai nos dar muito trabalho.

– Eu não tenho qualquer medo disso. Pior do que foi o caso dos corruptos que assassinaram o meu pai, acho que não é – objetou Norma. – E, hoje, estão todos na cadeia.

– Mas você não está levando em conta que custou a vida do seu pai – replicou Otávio. – Um preço altíssimo, para se conseguir pôr um bando de corruptos na cadeia.

– Para nós foi realmente um preço muito alto. Acho que, até hoje, nem eu, nem minha mãe conseguimos nos recobrar por inteiro. Mas tenho certeza de que, para o meu pai, onde quer que ele esteja, isso não foi nenhum sacrifício. Em nome da justiça, ele daria até duas vidas se tivesse. Considerava que a única coisa certa no mundo é a morte. Ninguém escapa dela. E, se pudermos fazer com que ela tenha uma finalidade gloriosa, tanto melhor, para valorizar a própria vida. E essa foi a lição deixada a todos que conviveram com ele.

– Eu até invejo essa visão heroica que você terminou herdando – argumentou Leda. – Mas, infelizmente, geneticamente, sou uma pacifista, ou comodista, como acharem melhor...

– Não há qualquer crítica sobre o seu jeito de encarar a vida, Leda. É um direito inalienável que temos de assumir nossas forças ou fraquezas. Imagine que incrível monotonia se todos fossem iguais – replicou Otávio, sorrindo.

– Alarmante, um mundo cheio de Luiz Alfredos!!!... – Completou Lucas.

Há algum tempo, Nélio tinha enveredado pelo subúrbio do bairro de Tiradentes, buscando, entre suas ruelas estreitas, o prédio onde deveria funcionar o Laticínio Coelho Santos. A falta de hábito de percorrer aquele território, somada à intensidade do movimento que parecia ser regra geral em todos os lugares, nas tardes de sexta-feira, estava sendo responsável pela demora em se localizar e pelo medo de perder o momento preciso da saída dos funcionários, ao final de seu turno de trabalho. Se perdesse aquela oportunidade, teria que esperar até a próxima segunda-feira para concluir sua investigação.

Às quinze para as quatro, achou por bem parar o carro e tentar obter com alguém a informação de um roteiro preciso que o ajudasse a chegar ao local desejado. Depois das tradicionais indicações de segue por aqui, dobre à direita, vire à esquerda, torne a seguir reto, entre na quarta rua à esquerda etc... terminou estacionando em frente ao largo portão, felizmente em tempo hábil para aguardar o fim do expediente comodamente sentado.

Analisando o intenso movimento de entrada e saída dos caminhões frigoríficos, Nélio pôde comprovar a importância do estabelecimento no mercado consumidor. Realmente, o seu proprietário podia se gabar de possuir uma empresa de grande porte.

Às dezesseis horas, uma estridente sirene marcou o fim de um dos turnos da empresa e Nélio saiu do carro, no mesmo momento em que os portões se abriam para dar passagem a um expressivo número de funcionários, livres de mais um exaustivo dia de trabalho.

Seus olhos argutos selecionaram, imediatamente, um senhor com seus cinquenta e poucos anos que talvez pudesse ser o informante ideal, e começou a segui-lo, disfarçadamente.

Por sorte, a primeira coisa que o indivíduo que escolhera para o seu interrogatório fez foi parar em um desses bares, bastante comuns nos subúrbios mais distantes, instalado em antiga casa geminada, tendo por frontispício duas portas de madeira com alto pé-direito. Um balcão encardido, com vitrines embaçadas formava um pequeno retângulo no espaço, permitindo ao funcionário atender mais fregueses na curta dimensão disponível, propiciando ainda a colocação de três mesas, de duas cadeiras cada uma, no pequeno corredor formado entre o móvel e a parede lateral restante.

O homem foi até o fundo, tomou um das mesas e pediu uma cerveja. Nesse momento, Nélio entrou. Aproveitando que as duas primeiras mesas já estavam tomadas, encaminhou-se para o fundo, pedindo licença ao único ocupante da última mesa para se sentar.

– Pois é, o senhor imagina que eu vim até aqui para fazer para o meu jornal uma cobertura sobre as exportações do Laticínio Coelho Santos – começou a falar Nélio, mostrando sua carteira de jornalista, para intensificar a credibilidade do ouvinte – e, como não conheço bem o subúrbio, me perdi pelas ruas e, quando cheguei a descobrir o endereço certo, o expediente já estava terminando. Perdi a viagem.

– Perdeu a viagem, mas pelo menos vale uma cerveja!... Será que não compensa?

– Claro! Que brasileiro não esquece uma frustração ao lado de uma cervejinha bem gelada, nas tardes de sexta-feira? – concordou Nélio.

E assim se iniciou o diálogo, tendo como fundo o tilintar de copos e garrafas e o consumo conveniente da cerveja, a anular embaraços pela falta de intimidade e liberar os assuntos específicos que deveriam ser tratados.

– Qual o seu nome?

– Orlando.

– Você trabalha no laticínio há muito tempo?

– Uma vida. Lá se vão vinte anos.

– Dizem que o seu Clemente é um proprietário muito humano. Que todo o sucesso do laticínio se deve ao interesse demonstrado pelos empregados, em retribuição ao tratamento que recebem. Isso é verdade?

– Era mesmo.

– Era?... Ele já morreu? – perguntou Nélio, fingindo espanto.

– Não. Está bem vivo o safado do velho. Foi para Portugal e arranjou uma cachopa novinha por lá. Nem quer mais saber de voltar.

– E quem administra?

– O doutor Alfredo.

– Funcionário antigo?

– É. Veio para cá rapazola, ainda, e caiu nas boas graças do seu Clemente, casou com a filha dele e agora, enquanto o patrão não volta, é ele o manda-chuva.

– Que sorte que ele deu, não?

– As pessoas mais ligadas a ele, lá da gerência, dizem que ele não acha não. Há anos que vive infeliz com essa situação. Fica aqui com toda a responsabilidade, enquanto o velho, lá fora, é só gastar o dinheiro que ele é obrigado a mandar todo mês. Sabe... mulher jovem costuma ser cara...

E a esposa dele, como se dá com a madrasta?

– Depois que ela teve filho, ficou com um problema de depressão e nem quer mais sair da fazenda.

– É! Ele tem razão para ficar amolado. O sogro se manda e ele fica responsável pelo bom andamento da empresa e pelos gastos dele, que não devem ser poucos. A mulher ausente, não lhe serve de companhia. É mesmo para não ficar satisfeito! – exclamou Nélio, disfarçando toda a ironia que a declaração do outro lhe inspirara.

Para o repórter, não faltava mais nada. Tinham o homem na mão, só faltando denunciá-lo. Já não precisava de mais qualquer informação. Aí, mudou de assunto, falou de mulher, de futebol, de samba e carnaval, por fim, pagou a conta e se despediu, prometendo voltar um outro dia, mais cedo, para poder cumprir sua pauta. E saiu.

Nélio não passou pelo jornal. Já eram quase sete horas e o dr. Lucas já deveria ter ido para casa. No dia seguinte, telefonaria para ele e, se ele tivesse um grande interesse em saber detalhes sobre sua ida ao laticínio, poderia marcar um encontro que ele se faria presente.

O sábado amanheceu cheio de expectativas em casa de Otávio e Leda. À noite, o dr. Dirceu iria se fazer presente como convidado ao jantar, mas, na realidade, estaria ali para confirmar sua impressão de que Aninha já praticamente não lembrava de coisas acontecidas com ela em uma vida pregressa, podendo ser dispensada do tratamento psicológico a que vinha sendo submetida.

Leda estava tão esfuziante que parecia estar preparando a casa para uma festa, tal a angústia que toda aquela história tinha lhe causado. Se fosse verdade mesmo que a filha estava livre, o fato bem merecia uma comemoração especial.

Apesar de Lucas e Norma terem jantado lá, na véspera, achou por bem convidá-los. Eram amigos muito queridos e gostaria de tê-los por perto em um momento como aquele, que contava ser de extrema alegria.

Lentamente, como tudo que é ansiosamente esperado, as horas foram passando, multiplicadas por segundos e minutos de angústia.

Leda amava demais aquela filha. Um amor cheio de zelos e dedicação, alimentado às raias do exagero, principalmente, pelo fato de saber que jamais poderia ter outros filhos, em razão de uma operação a que fora obrigada a se submeter, logo após o nascimento de Aninha.

Esse fora o motivo maior pelo qual, ao ver a menina envolvida em reminiscências de uma outra vida, enchera-se de desespero, considerando uma fraude as circunstâncias de sua maternidade. Fora lograda. A única filha que poderia ter já tinha uma história estranha, da qual não fazia parte. Embora em corpo pequeno, tinha vivências adultas e tudo que pudesse lhe transmitir para lhe delinear um caminho a seguir jamais seria original.

Lutou com todas as forças para não acreditar em nada daquilo. Graças a Deus, sua religião a amparava nessa posição. Queria considerar as coisas como sonho, transposição de coisas que a menina vira na televisão, no cinema, nas revistas, nos jornais, em qualquer canto, menos dentro dos arquivos de sua própria alma.

Depois, à medida que a situação se impunha, e detalhes impossíveis de serem inventados por uma menina de quatro anos iam sendo comprovados, só lhe restou o desânimo. Parou de resistir, mas não de se inconformar com aquela situação. Por isso, hoje, era um dia tão importante. Talvez o Dirceu provasse, agora, que aquelas terríveis lembranças tinham desaparecido para sempre da consciência da filha. Então ela se veria da forma que sempre imaginara, a imprimir na memória de Aninha todos aqueles projetos e sonhos que, como mãe, esperava incutir em um cérebro virgem de qualquer conhecimento.

E a hora do jantar terminou chegando, e, como não poderia deixar de ser, dado o grau de ansiedade de todos, com os cinco participantes presentes.

A conversa transcorreu inteira sobre casos como o de Aninha. Não era uma situação comum, aquela. Mas não era anormal. Leda, pela primeira vez, teve coragem de confessar sua decepção ao se saber educando alguém já experiente, talvez até bem mais que ela, com sua vidinha prosaica.

Todos riram. E Dirceu comentou:

– Você sabe lá as experiências de sua própria alma? Quando nasceu em casa de sua mãe, inocentezinha, a única diferença para sua filha foi que não lhe foi dado recordar fatos passados, mas sabe lá de onde veio?

– Diante disso tudo, das possibilidades absurdas que existem nesse mistério, eu prefiro não saber.

E a conversa se estendeu ainda um pouco, mas sem que prejudicasse o horário do sono de Aninha que, em outra sala, brincava com Carlinhos. Por fim, não teve mais como ser adiado o suspense da noite, que Leda não sabia se queria ou não queria comprovar.

Na sala cheia de expectativa, juntaram-se adultos e crianças para rever as cenas da festa de comemoração do quarto aniversário de Aninha.

O disco foi colocado no aparelho. E, como Dirceu havia previsto, todas as cenas transcorreram debaixo das gargalhadas dos dois garotinhos que reviram as cenas impagáveis dos palhaços e mágicos, com estardalhaço, além de apontarem, nomeando cada coleguinha que surgia na tela, em meio aos saracoteios e brincadeiras. Nessa sequência, o homem de camisa azul passou várias vezes sob o foco da câmera, sem que Aninha fizesse a mínima menção de conhecer.

Sua memória anterior se apagara.

Nessa mesma noite, já liberto dos compromissos da semana, Luiz Alfredo estava deitado na rede de sua varanda, sob o impulso de uma suave aragem que vinha do lago, de onde vinha também o coaxar dos sapos que, intermitentes, quebravam o silêncio da noite, fazendo ecoar pelos espaços urbanos antigos sons rurais, numa tentativa de amenizar a distância entre a natureza, o asfalto, o *néon*, as buzinas e o concreto. Havia uma relaxante paz pairando no ambiente.

Augusto veio pedir ao pai para colocar as pilhas no seu trenzinho.

– Já vou, meu filho. Espere um pouco.

– Posso balançar com você?

– Venha cá. Senta aqui com papai – disse Luiz Alfredo, pegando o menino e colocando-o ao seu lado.

– Balança mais alto, papai!

– Isso aqui é uma rede, menino. Não é para balançar alto. É para ficar assim, devagarinho para o papai descansar o corpo e a cabeça.

– Luiz! – Chamou Viviane, entrando na varanda. – Telefone para você.

– Quem é?

– Um homem chamado Custódio.

– Custódio?... Um chato! Você disse que eu estava?

– Não fui eu quem atendeu, foi a Guilhermina.

– Volta lá e manda a Guilhermina dizer que eu fui para o clube com o meu filho.

– Mas a gente não foi para o clube, papai! – contestou Augusto.

– Ele nunca vai saber disso. Mora muito longe – explicou Luiz Alfredo.

Viviane tornou a entrar na casa, voltando alguns minutos depois.

– Ela deu o seu recado. Mas ele pediu para você aguardar uma ligação dele, logo mais, às vinte e três horas. Que é um assunto do seu interesse.

– O que é que esse cara pode ter para me falar, que seja do meu interesse?

De onde você o conhece? – quis saber Viviane.

– Você o conhece também. É aquele cara que foi meu amigo lá em Alexandrina. Um camarada sem fibra, sem personalidade. Quando eu vim para a capital, ele não quis vir junto, preferiu ficar marcando passo por lá mesmo. Um belo dia, veio me pedir para vir morar na minha casa, porque já estava disposto a vir para a capital. Aí quem não quis fui eu. Já não havia mais qualquer intimidade entre nós. O tempo tinha passado e não dava mais para fazer com que as coisas voltassem a ser iguais ao que tinham sido.

– O que será que ele quer? Não será alguma coisa sobre sua família?

– Não. Se fosse, minha mãe teria ligado.

– Eles nunca ligam para cá. Há meses que não dão notícias.

– Mas não deve ser nada. Se tivesse acontecido alguma coisa grave, eu já teria sido avisado por outra pessoa que não o Custódio.

– Mas, mesmo assim, liga! Ou, então, pelo menos atende a ligação dele, logo mais, para sabermos do que se trata. Não se esqueça de que o meu pai também mora naquela cidade. Pode ter acontecido alguma coisa com ele.

– Vou pensar. Se na hora eu tiver vontade, atendo.

Viviane voltou para o interior da casa levando Augusto. Luiz Alfredo continuou na varanda, ao embalo da rede e de pensamentos curiosos. E a cena continuou a mesma, aparentemente: a varanda, a rede, o embalo, o ar da noite, o coaxar dos sapos... Mas o quadro anterior tinha se modificado muito. A paz havia se dissipado como por encanto.

Por que Custódio ligara?... Há tanto tempo não havia qualquer relacionamento entre eles, o que teria feito o ex-amigo tentar ultrapassar, agora, a barreira que estabelecera entre os dois?

As horas foram passando lentas em meio às dúvidas, se atenderia ou não aquela ligação. Por fim optou por não atender. Às onze horas, quando o telefone tocou, a empregada transmitiu o lacônico recado que lhe fora recomendado:

O dr. Luiz ainda não voltou.

Foi nessa hora que, do outro lado da linha, veio a informação intranquilizadora:

– Diga a ele que eu só queria falar sobre um repórter que esteve por aqui pela cidade, fazendo perguntas sobre ele. Não tem problema. Não deve ser importante.

E Custódio, desligou, sem prometer uma nova ligação.

Quando Guilhermina entrou na sala de televisão para transmitir o recado recebido, a visível descontração de Viviane esteve totalmente em desacordo com a reação de Luiz Alfredo. Ela, diante de um assunto que não inspirava quaisquer temores, já que seria absolutamente normal um repórter querer notícias do seu marido, um empresário de reconhecida projeção. Ele, sem deixar transparecer o que quer que fosse, em sua aparência impenetrável, controlava com esforço as emoções em ebulição.

Por que um repórter estaria investigando a sua vida?...

O pior é que não tinha a mínima noção de como encontrar agora aquele pobre diabo para se informar melhor.

Porque não atendera aquele maldito telefone?...

A noite foi insone. Às primeiras claridades do dia, Luiz Alfredo levantou e rodou um pouco pela casa, em meio à indecisão sobre os próximos passos.

Deveria procurar Custódio, imediatamente? Mas essa atitude não daria ao ex-amigo a certeza de que ele estava com medo de uma devassa? E se ele desse essa impressão, não iria ficar, posteriormente, nas mãos do Custódio, sujeito a uma dependência inconveniente?

Por que não atendera, na véspera, àquela ligação? Maldizia-se, agora. Tudo teria sido tão mais fácil. Custódio falaria a mesma coisa, e ele, fingindo desinteresse, se informaria sobre a finalidade do repórter, identificaria a identidade do mesmo e para qual jornal trabalhava, e desligaria sem demonstrar qualquer preocupação, como se aquele fato fosse um dos mais rotineiros em sua vida. Deixaria a impressão de que aparições como aquela eram constantes, que já estava acostumado ao desempenho dos repórteres, eternamente necessitados de abastecer o mercado com todo tipo de notícias para atender à curiosidade de centenas de órgãos de informação.

Se tivesse atendido a ligação, tudo teria sido mais fácil, mas não atendera. E agora?... A única coisa que sabia é que não poderia ficar com aquela dúvida a martelar sua cabeça, sem saber por que havia um repórter querendo invadir sua privacidade. Porque, pelo visto, aquela não fora uma investigação sobre sua vida profissional. Caso contrário, o camarada não iria procurar informações sobre ele na terra em que nascera; teria ido ao laticínio, ou até mesmo à floricultura, onde comparecia às vezes, mas nunca em Alexandrina.

Acontecesse o que acontecesse, precisava deslindar aquele caso. Pegou o carro e rumou para Alexandrina. Afinal, era domingo e podia justificar sua presença na cidade, como uma visita costumeira aos pais. No fundo, tinha certeza de que seria mais fácil driblar a curiosidade de Custódio do que a de um repórter.

Eram pouco mais de oito horas quando encostou o carro no estacionamento do hotel onde sabia estar trabalhando o ex-amigo.

- Alô, Custódio! - saudou efusivamente, como se aquela lacuna que os separava dos velhos tempos nunca tivesse existido. - Ontem, você ligou lá para casa, quando eu estava no clube e esqueceram de me dar o recado. Só agora, pela manhã, fui informado do seu telefonema. - E, dando a impressão que o recado lhe tinha sido passado pela metade, concluiu. - Fiquei preocupado que tivesse acontecido alguma coisa com minha família. Como não estava querendo ligar cedo demais para minha mãe, e não soubesse o número do seu telefone, resolvi dar um pulo até aqui, aproveitando o domingo para uma visita.

Aquela fora uma desculpa muito esfarrapada e Custódio, que já tinha subsídios para avaliar melhor o caráter do ex-amigo, percebeu toda a fragilidade de seu contexto. Como ele previra, ao ligar para dar a notícia, Alfredinho ficara em pânico ao saber que tinha um repórter na cidade, em seu encalço. Qual a razão dos seus temores? Uma coisa era certa, havia um ponto vulnerável em toda aquela história.

– Não era nada de tão importante assim – respondeu Custódio, dissimulando sua verdadeira opinião. – Foi só um camarada que andou por aqui, fazendo perguntas que considerei um tanto pessoais. Não era sobre a pessoa jurídica do Luiz Alfredo que ele falava, suas empresas ou coisa parecida. Queria saber sobre seu casamento, se fora muito badalado, se vieram muitos convidados, que emprego foi esse que lhe possibilitou conseguir tanto dinheiro?... Deve ser coisa dessas revistas de fofocas, sempre dispostas a bisbilhotar a vida alheia.

Era o seu dia de vingança e, apesar de não saber onde estava ferindo o Alfredinho, sabia que o estava ferindo profundamente, pois foi se dando conta do seu gradativo empalidecimento.

Você tomou nota do nome dele, do seu jornal ou revista? – perguntou Luiz Alfredo tentando evitar a tremura da voz.

– Não! Talvez aí no hotel eles saibam, pois esteve hospedado nele.

– Tem certeza de que não está mais na cidade?

– Absoluta. Vi quando foi embora. Pelo visto, as informações que obteve foram satisfatórias, pois chegou na tarde de um dia e saiu na manhã do outro.

E Custódio curtia o desespero de Alfredinho, cada vez mais mal dissimulado. A respiração arfava, as narinas fremiam e ritos de ódio crispavam suas feições, contra todo o esforço que fazia para parecer natural.

– Será que ele esteve com minha mãe?

– Acho que não precisou. Quando eu estive em casa dela para pegar o número do seu telefone, ela não comentou nada sobre isso. É provável que ele não tenha ido até lá, mesmo.

– Então, até a próxima Custódio. Vou dar uma passada ali no hotel para ver se levanto a identidade desse indivíduo e depois vou ver o meu pessoal.

– Até a próxima! – respondeu Custódio, consciente de que a última parte da frase fora apenas para complementar sua mentira. Aquele cara tinha mudado muito. Não tinha mais qualquer interesse em saber como estava o seu pessoal.

Luiz Alfredo deixou o carro parado próximo à entrada do estacionamento e subiu as escadas do hotel, desaparecendo em seu interior.

Do lado de fora, Custódio sorria vingado. Bem que diziam que vingança era um prato para se comer frio. Tanto pedantismo, prepotência, e ele agora descobria que ele tinha pés de barro e como adoraria vê-lo ruir.

Escondido entre os carros, viu quando após algum tempo o Alfredinho voltou, com um semblante extremamente sério, pegou seu carro e partiu. Como pensara, não tomou a direção da casa da mãe, encaminhou-se para a saída da cidade.

Agora era sua vez. Foi até o hotel para perguntar ao Gumercindo o que foi que o Alfredinho queria saber.

Amigos, funcionários da mesma empresa, o recepcionista contou, sem qualquer constrangimento por quebra de sigilo, que ele estava atrás do repórter que havia se hospedado na cidade, dias antes.

– E o que conseguiu.

– Nada! Ninguém se registrou aqui como repórter. Fica difícil identificar qual das pessoas que passaram era o homem que ele buscava.

– Não é difícil não – informou Custódio. Ele entrou aqui quinta-feira à tardinha e saiu sexta-feira bem cedo. É só identificar por essas características, o nome do camarada.

Gumercindo voltou as folhas do livro, examinou detalhadamente os horários e concluiu

– Nélio Saraiva. Agora só falta saber em que jornal ele trabalha, porque não se registrou aqui como jornalista, não.

– Agora que o Alfredinho já foi, isso não é mais importante.

Foi um domingo terrível aquele vivido por Luiz Alfredo. Tinha notado a ironia de Custódio, nos intervalos de suas palavras. A presença do repórter com o tipo de interesse que demonstrara fizera com que ele desconfiasse de que havia alguma coisa errada a seu respeito. Tinha certeza de que, daquele momento para frente, precisava ficar em guarda, e não só em relação ao repórter. Ganhara um inimigo em Custódio, quando lhe negara ajuda, e isso ficara visível durante o encontro que tiveram, pela manhã. Notou como ele saboreara cada palavra com as quais sabia que o estava ferindo.

A coisa mais importante, no momento, era descobrir quem era o repórter que o estava seguindo e se informar sobre o porquê do interesse.

Era impossível que, quem quer que fosse, pudesse relacioná-lo a algum procedimento ilegal. Por que diabos, esse maldito homem cismara com sua pessoa?

Ao chegar segunda-feira ao laticínio, a primeira coisa que fez foi convocar seus diretores para uma reunião. Queria prepará-los para, caso algum repórter procurasse qualquer dependência da organização, que fosse levado até sua sala. Fora informado de que um grande laticínio, pertencente a um importante grupo rival, estava prestes a se estabelecer na cidade e a ordem era colher o máximo de informações sobre sua empresa na tentativa de desestabilizá-la. Por isso, ele próprio gostaria de atendê-lo e prestar os esclarecimentos que julgasse necessários.

Menos de duas horas depois, um dos diretores voltou, acompanhado de um funcionário.

– Este é o Orlando – informou. – Funcionário da empresa há mais de vinte anos.

– Muito bem, Orlando, o que você deseja?

– Eu não desejo nada. O seu Moacir é que achou melhor eu vir, aqui, conversar com o senhor.

– Na sexta feira, quando terminou o expediente, Orlando foi tomar uma cerveja no boteco do Quirino – informou Moacir. – Sendo um lugar pequeno, acabou dividindo a mesa com um jornalista que tinha vindo fazer uma reportagem sobre esta empresa, mas que, infelizmente, chegara tarde para isso, perdido que esteve pelas ruas daqui do subúrbio.

Luiz Alfredo custou manter a seriedade. Com que então o miserável reporterzinho já tinha passado por ali?... Mas o que será que ele estava querendo com esse cerco?...

– Ora vejam os senhores, estava querendo conversar com ele para impedir que fizesse algum juízo errôneo sobre o nosso laticínio, e ele já tinha estado por aqui – comentou Luiz Alfredo, com ares de descontração.

– Mas ele não perguntou nada sobre a fábrica, não. Talvez ele tivesse visto que eu não ia saber responder. Só ficou comentando coisas banais – esclareceu Orlando. – Perguntou pelo seu Clemente, pelo senhor, por dona Carminha...

A sorte é que Luiz Alfredo estava sentado de costas para a janela e a claridade que entrava não conseguiu iluminar a palidez que lhe contornou os lábios, espalhando-se depois pelo seu rosto.

– Se foi só isso que ele perguntou, ainda vai voltar, com certeza – comentou Moacir. – Isso não dá para ele fazer reportagem nenhuma sobre o laticínio.

– É! – concordou Luiz Alfredo, recuperando-se. – Você sabe para qual jornal ele escreve?

– Ele até me mostrou seus documentos – afirmou Orlando. – Olhei mal, mal, mas tenho impressão de que o nome dele é Nélio, agora o nome do jornal para o qual ele trabalha, eu tenho absoluta certeza, porque estava em letras maiores na carteirinha. Ele escreve para o *Realidade*.

– Fico muito agradecido por sua informação – falou Luiz Alfredo, mantendo com esforço o seu autocontrole. Com certeza ele vai voltar e, quando isso acontecer, gostaria de recebê-lo pessoalmente. Espero transmitir uma boa impressão sobre o trabalho que é executado por aqui.

Quando os dois funcionários se retiraram, o terror, até então mantido sob pressão, invadiu a alma de Luiz Alfredo. Alguém sabia... Mas como? Depois de tanto tempo... Há quase cinco anos vivia essa situação, sem que desconfiassem; baseado em que alguém iria desconfiar agora?... E quem era esse camarada para se intrometer em sua vida, pondo fim a uma situação que lhe custara tanto a conquistar?

Recostou-se na cadeira, pôs as mãos atrás da nuca e começou a lembrar dos perigos a que se expusera para conseguir o *status* que tinha agora.

Em sua mente, num retrospecto acelerado, foi se desenrolando: sua vida sem possibilidades em Alexandrina, sua resolução de vir para a capital, sozinho, sem conhecer ninguém, e com pouco dinheiro para garantir sua permanência ali. A timidez com que se apresentara para o primeiro emprego. A atenção que o seu Clemente lhe dispensara, ao primeiro contato, com certeza já imaginando vê-lo casado com a idiota da filha. Depois, recordou quando, em 2003, reviu Viviane posando para lingeries. O desespero que o deixara totalmente enlouquecido, ao ver a mulher que amava naquela situação vulgar, exibindo o corpo e desvalorizando sua personalidade.

Daquele momento para frente, não pensara mais em outra coisa, a não ser em se ver livre de toda aquela estrutura, que o prendia a uma vida de falsos valores. Não queria a família que tinha, mas não podia abrir mão do *status* que conseguira com aquele casamento.

Por outro lado, a simples visão de Viviane se expondo da maneira que vinha fazendo acelerava seus neurônios em busca de uma solução para pôr um fim a tudo aquilo. Nem queria imaginar quantos homens paravam diante dos *outdoors* no qual ela, sensualmente linda, era um convite a todos os maus pensamentos que se poderiam acalentar. Tinha que tirá-la daquela situação, o quanto antes.

O sofrimento que viveu foi indescritível. Dividido entre o antigo amor e os hábitos que lhe tinham sido proporcionados pelo dinheiro, debatia-se desesperado sem saber como reativar um sem perder o outro.

Em janeiro de 2005, não resistiu mais e, mesmo estando casado, reatou seu namoro com Viviane. Isso debaixo do maior sigilo, alegando que, enquanto ela seguisse aquela carreira, não era conveniente anunciarem um compromisso, sob pena de altas multas por cancelamento de contrato. Tão logo fosse possível, ele romperia as cadeias que a prendiam à "Top Secret" e, aí sim, viveriam seus antigos projetos de felicidade.

Viviane que, assim como ele, não esquecera os ardores dos seus primeiros sonhos, viu renascerem todas as suas esperanças de realizar aquela união, aguardando pacientemente a chegada do dia em que poderia deixar tudo para poder viver o seu grande amor.

Foi então que ocorreu o que ele considerou um milagre. Em setembro de 2005, o sogro, conversando com ele, falou sobre um velho e sempre adiado projeto que acalentava de um dia voltar a Portugal para rever a quinta de sua infância.

Ali nasceram os planos para se ver livre dele. Era um cara que já tinha vivido o suficiente e em alto estilo, sempre bem de vida. Viera de Portugal para sua aventura no Brasil cheio das libras herdadas quando os pais faleceram. Nunca passara por qualquer dificuldade, pois já chegara aqui como patrão. Podia muito bem tirá-lo do seu caminho, sem qualquer remorso. Era só compará-lo a pessoas que viveram o dobro da vida dele, sem nunca terem tido um décimo das regalias que lhe foram concedidas. Cada dia da existência dele fora lucro. Um ponto final naquilo não seria nenhum descalabro, além de significar uma oportunidade para que ele realizasse os seus sonhos com Viviane.

Na ocasião, nem pensara em Carminha. Não precisava se preocupar com ela. Era uma mosca morta, como se diz. Uma mulher criada à antiga pelo pai, que não conseguia assumir sua própria personalidade; não seria qualquer obstáculo à sua felicidade. Seu temperamento era tal que, a floricultura que o pai lhe dera de presente, com a visível intenção de vê-la mais desenvolta, costumava ser administrada por terceiros. Nem mesmo essa porta aberta para sua independência pessoal a atraía para fora do lar. O que queria mesmo era administrar a casa. Tinha dedos de fada, em se tratando de bordados, fazia verdadeiros milagres, transformando tecidos comuns em belíssimas toalhas e se perdia por trás de seus bastidores, a fazer maravilhas com suas agulhas e linhas coloridas. Em compensação, sua incrível subserviência a tornava uma companhia extremamente desagradável. E ele não sabia como administrar toda aquela falta de autoestima ao seu redor.

Era sempre a derrotada, quando ele a comparava à sua mãe. Esta, sim, uma mulher formidável. Uma costureira pobre, mas que sabia o que queria.Como Carminha, tinha também habilidades manuais, o que não a impediam, entretanto, de ser senhora de suas opiniões.

Não, positivamente Carminha não significava nenhum perigo! Mas o sogro, sim.

Cheio de segundas intenções, estimulou o sogro a retornar a Portugal e, quando ele embarcou, em outubro de 2005, deixando-o com uma procuração assinada para administrar todos os seus bens, durante sua ausência, considerou aquele papel a sua carta de alforria e começou a traçar os planos para sua emancipação, prolongando aquele afastamento indefinidamente.

Quando chegou a primeira carta de Clemente, então, viu que a sorte realmente estava do seu lado. Os vestígios da passagem da família dele pela tal quinta já tinham desaparecido. Ninguém lembrava mais de seus pais e nem dele, que não saíra de lá tão jovem assim, pois tinha bem os seus vinte anos quando viera para o Brasil. A carta, que cheirava a decepção, acabou por lhe acender o entusiasmo. O fato de o ignorarem por lá seria de grande ajuda. Poderia inventar o que quisesse.

Foi então que criou um namoro para o sogro. Seus encantos por uma jovem portuguesa que conhecera em sua antiga aldeia. Daí até comunicar a todos que ele não voltaria nem tão cedo foi um passo.

Quando Clemente, um mês e pouco depois, informado da gravidez de Carminha, anunciou estar voltando, para aguardar ao lado da família a chegada do primeiro neto, já tinha um plano perfeito para recebê-lo, e mais, para desfazer-se dele.

Sem falar nada com ninguém, foi esperá-lo no aeroporto e, com a desculpa de que a filha estava na fazenda, um pouco indisposta, por isso não pudera vir recebê-lo, encaminhou-se com ele para lá.

Em uma das zonas mais desertas da estrada, em um ponto que margeava o velho açude, previamente escolhido por ele, parou o carro, fingindo um problema no motor. Abriu o capô, pedindo ao sogro que se encarregasse da lanterna, para focar as peças e, enquanto se voltava, fingindo pegar uma ferramenta, atingiu a cabeça dele com a manícula, violentamente.

O sangue jorrou e Clemente caiu sobre o motor deixando rolar a lanterna que espalhou sua luz a esmo.

Sem qualquer arrependimento pelo que acabara de fazer com quem o tratara sempre de forma tão especial, dando-lhe tantas oportunidades, acondicionou o corpo em um saco plástico, juntamente com os panos que secaram todos os vestígios de sangue visíveis no carro.

Depois, puxou um pequeno barco que escondera entre as folhagens, jogando nele o embrulho macabro. Com a frieza de um astuto e tarimbado criminoso, atou toda a bagagem trazida pelo sogro, cuidando prendê-la, solidamente, junto ao cadáver, para servir de âncora, mantendo-o preso ao fundo. Remou até o meio do açude, onde a profundidade era maior, e se desfez, sem qualquer remorso, daquele empecilho à sua felicidade.

Livre de seu obstáculo maior, tão logo passaram as festas de final de ano, período no qual Viviane também esteve ausente, promovendo sua marca, por Nova Iorque, criou coragem e procurou seu Aristides, reatando oficialmente, pelo menos para a família dela, o antigo namoro. E, apesar de todo sigilo mantido em torno do romance, conseguiram viver uma nova fase de enlevo e felicidade.

Por essa época, manteve com Viviane um namoro cheio de esperança de um final feliz, sem lhe revelar que estava casado. Para seu Aristides, cujo sonho era levar a filha até o altar, apesar de achar quase impossível que isso pudesse acontecer, depois do desfrute a que esta se expusera, a aparição dele com intenções casamenteiras fora considerada quase como um milagre.

Driblando a situação, foi levando a vida, enquanto aguardava um modo de expor a verdade a Viviane e encontrar com ela a maneira para burlarem as exigências de seu Aristides, que não abria mão de uma cerimônia legal para a filha.

Quando Augusto nasceu, a sorte pareceu estar a seu lado, mais uma vez. Carminha, que, pelo seu grau de timidez, escondera até quanto pôde ter entrado em trabalho de parto, sofrendo sozinha, por horas e horas, as dores das contrações, terminou sendo levada às pressas para o hospital. Esse sofrimento desnecessário teve um alto preço, redundou em uma pequena psicose puerperal que a acompanhou durante alguns dias, fazendo com que não se lembrasse quem era e o que fazia naquela casa, sendo cuidada pelos melhores médicos, que prenunciavam uma cura rápida para a síndrome.

Realmente isso sucedeu. O distúrbio passou, mas ele impediu, de todas as formas, que as pessoas descobrissem que Carminha estava curada. Via aí a solução para o seu segundo problema. Levou-a para a fazenda, onde a afogou, no mesmo açude onde afogara o pai, e explicou aos próximos o seu desaparecimento como um agravamento de suas condições mentais.

Alegando que a mulher temporariamente enlouquecida tinha fugido de casa, deu queixa à polícia e se dispôs a esperar pelos dez anos, ao fim dos quais teria direito de se casar com sua eleita.

Por fim, estava livre para viver com Viviane, a vida que planejara desde a adolescência. Ou, por outra, muito melhor, porque agora tinha dinheiro para aproveitá-la dentro dos melhores padrões de possibilidades e conforto.

Como já não se fazia necessário manter tanto mistério, contou parte da verdade a Viviane, omitindo os crimes, é claro. Esclareceu que só poderia se casar quando tivesse uma definição do caso da esposa que, inteiramente louca, havia sumido de casa.

O caso foi passado, sem muitos detalhes cronológicos, a seu Aristides, que acabou concordando com a união, desde que a filha deixasse sua casa, após uma cerimônia real, na qual receberia as bênçãos divinas, ministradas por um pastor, amigo seu. O resto podia ser feito dentro da maior simplicidade, sem qualquer espalhafato. Essa era sua exigência.

Tudo, enfim, tinha chegado a um termo perfeito. Durante cinco anos aquela história funcionara a contento. Viviane vivia em sua casa, como sua esposa, mas a maioria das pessoas do seu relacionamento, aqui na capital, ignorava isso. Ela não se importava com esse tipo de anonimato, porque era uma artista que se realizava com a palheta na mão, suas telas e suas tintas. Quando queriam ativar a vida social, frequentar festas ou explorar as delícias da noite, tinham dinheiro suficiente para embarcar para a Europa ou os Estados Unidos para curtir livremente sua união.

Por que razão tinha que, agora, surgir esse repórter das profundas dos infernos, ameaçando sua segurança???...

Isso não ia ficar assim!

Pegou o carro e foi até a redação do *Realidade*. Saltou e ficou andando a esmo, pensando um modo de identificar o repórter, sem deixar pistas. Não podia fazer perguntas. De nenhuma forma poderia demonstrar o seu grande interesse em saber quem era Nélio.

Mas, como sempre, a 'sorte' parecia estar a seu lado: parado, a pouca distância do portão de entrada, viu quando o Gol verde escuro se aproximou e o porteiro saudou amistosamente o seu ocupante: – Bom-dia, Nélio!

Do lado em que estava, foi impossível ver a fisionomia do motorista, mas já tinha um trunfo. Sem que tivesse sido obrigado a fazer qualquer tipo de indagação, o que poderia vir a incriminá-lo posteriormente, sabia que o tal Nélio dirigia um Gol verde escuro e, custasse o que custasse, ficaria atrás dele o dia inteiro, se fosse preciso, até encontrar uma possibilidade de abordá-lo. Precisava descobrir o que aquele camarada sabia sobre ele.

Após cruzar a portaria onde Luiz Alfredo, à curta distância, sub-repticiamente, identificara a marca e a cor do seu carro, Nélio chegou cheio de otimismo à ante-sala de Lucas.

Amável, sorridente, sem sequer desconfiar que fora reconhecido por um perigoso adversário, procurou o chefe com o orgulho de ter se desincumbido a contento da missão que lhe fora confiada, embora aquele não fosse um tipo de trabalho no qual desejasse se especializar.

Ao se colocar frente a frente com Lucas, já era senhor de todas as certezas necessárias que o habilitavam a apresentar sua queixa ao Ministério Público contra Luiz Alfredo Tavares. Faltavam os corpos, mas um, pelo menos, a polícia deveria encontrar no lago defronte à casa do criminoso, era só dragar o local. Segundo todos os indícios fornecidos por Aninha, a Carmem fora amarrada e afogada ali.

Em suas mãos, as provas necessárias para iniciar o processo. A cópia da relação de passageiros vindos de Lisboa, no dia 12 de dezembro de 2005, obtida na companhia aérea, confirmando a volta de Clemente Coelho dos Santos ao Brasil; e uma gravação, que obtivera muito disfarçadamente, contendo as declarações de Orlando, funcionário do laticínio, onde ficava explícita a mentira contada na empresa para justificar a falsa permanência de Clemente em Lisboa: uma ardente paixão outonal.

Lucas vibrou com as provas trazidas por Nélio. Ligou para Otávio e convocou uma reunião para as quinze horas, após a qual, todos os cinco participantes das investigações: ele, Nélio, Otávio e respectivas esposas iriam à delegacia para denunciar os crimes cometidos por Luiz Alfredo Tavares.

Tendo deixado a sala de Lucas, Nélio voltou a se ocupar de suas obrigações habituais, enquanto aguardava a hora do almoço, que naquele dia deveria ser rápido para não comprometer o horário estabelecido para a conclusão do caso Clemente/Carminha.

Fora da redação, Luiz Alfredo, sentado em seu carro, a uma distância conveniente do portão, aguardava a saída do gol verde escuro para segui-lo, onde quer que fosse. O tempo passava, sem que nada acontecesse. O pior é que o visual que lhe convinha era o portão de entrada da garagem, que se apresentava sob o dístico denominador do jornal *Realidade*.

Aquilo parecia até um castigo. Virava para cá e para lá e seus olhos focavam "Realidade"... "Realidade"... Como um chicote a vergastar sua consciência, revolvendo momentos que queria esquecer. O que ganhava aquela gente em buscar a realidade das coisas? Será que a realidade deles estava exposta com a mesma nudez com que queriam expor a dos outros?

Matara, não por ódio, mas por amor. Só que para as pessoas isso não faria sentido. Jamais entenderiam os seus sentimentos. Veriam em seus crimes a desumanidade, o egoísmo de querer ser rico e feliz a qualquer preço, e nunca a emoção maior que o mobilizara, aquela paixão antiga, frustrada e avassaladora, impossível de ser esquecida. Por essa razão precisava silenciar aquele repórter. Não sabia até que ponto ele se aproximara da verdade, mas era imprescindível neutralizá-lo, antes que arruinasse sua vida para sempre, por um incompreensível e vaidoso capricho.

Umas duas horas depois, as luzes amarelas da garagem começaram a piscar, anunciando em seus sinais intermitentes que alguém estava para sair. Aguardou impaciente.

Um carro branco passou, seguido de perto por um carro preto, e o portão voltou a se fechar. Novamente as luzes piscaram, e novamente Luiz Alfredo se pôs em alerta, mas era um carro azul metálico, seguido por outro carro preto. "Devem estar saindo para o almoço", pensou. Então era só uma questão de paciência, de aguardar um pouco mais, que o carro esperado terminaria surgindo ali no portão. Não se enganara, dali a pouco, as luzes voltaram a piscar, desta vez para o Gol verde escuro. Luiz Alfredo deu partida em seu carro, seguindo logo atrás.

Por várias ruas a formação foi a mesma, mas, conhecendo bem a rede viária, Luiz Alfredo percebeu que, a seguir, teriam que necessariamente passar por ruas estreitas. Com premeditação passou à frente do Gol, na primeira oportunidade que teve, e seguiu capitaneando o fluxo de veículos, até encontrar um pequeno caminhão parado na pista, obstruindo um dos lados da rua. Considerou ser aquela uma hora propícia para 'enguiçar' o seu carro. O Gol não teria passagem. E, qual um ator, executou com maestria o seu papel.

Desceu, abriu o capô e começou a examinar detidamente o mecanismo. Nélio, atrás, impossibilitado de continuar o seu caminho, desceu também e começou a tentar ajudar o motorista que o precedia a identificar o que estava acontecendo, sem de leve imaginar que tudo não passava de uma tremenda farsa e que o homem que tinha diante de si era o perverso assassino em cujo encalço andava.

Por fim, sem conseguirem resolver o problema do carro, porque Luiz Alfredo, ao abrir o capô, retirara do motor uma peça fundamental, Nélio ajudou o motorista desconhecido a empurrar seu veículo para o lado, a fim de liberar o tráfego e prosseguir seu caminho. Nesse ponto, Luiz Alfredo pediu uma carona, no que foi atendido com a maior boa vontade.

Mal deu a partida, Nélio percebeu que algo não ia bem. Luiz Alfredo tirou o revolver do casaco e apontou para ele, mandando que seguisse suas determinações.

Para o repórter, cuja especificação profissional nunca poderia colocá-lo em uma situação semelhante, a surpresa foi total. Primeiro achou que fosse um assaltante, mas o carro e as roupas do homem que o mantinha agora sob ameaça não correspondiam a um perfil de ladrão barato. Atônito, sem poder imaginar quem seria aquele figurante, achou por bem não contestar.

Durante algum tempo, seguiram pensativos, sem que nenhum dos dois falasse qualquer coisa. Nélio, perdido em dúvidas sobre quem poderia ser aquele homem, mas aceitando como oriundo de qualquer um desses esquemas existentes em uma cidade na qual a violência era predominante. Luiz Alfredo, antegozando a vitória de ter sido mais rápido. Iria destruir o camarada que andava em seu encalço para destruí-lo.

Quando o subúrbio começou a ser substituído pela zona rural, e a estrada, livre do fluxo de veículos, apresentou-se inteiramente deserta. Luiz Alfredo mandou que parasse.

– Quem é você e o que quer? – perguntou Nélio, depois de readquirir sua autoconfiança.

– Sou Luiz Alfredo Tavares, o homem de quem você anda escarafunchando a vida, sem qualquer autorização para tal.

Nélio tremeu. Dentro de todas as possibilidades que examinara, aquela não tinha sido considerada. Tinha tanta certeza no sigilo do seu trabalho, que nem passara por sua cabeça que aquele assaltante poderia ser Luiz Alfredo. Entretanto, sentiu na revelação toda a gravidade do momento. Aquele homem não estava ali apenas para ameaçá-lo. Estava ali para continuar mantendo os seus crimes em segredo.

Como uma fuga ao medo, começou a tentar identificar de que maneira ele tomara conhecimento de suas dissimuladas investidas?... Como será que ele descobrira sua investigação?... Mas percebeu logo que isso, agora, pouco importava.

Estou aqui, neste momento, em carne e osso! Não andou por aí, entrevistando gente, querendo saber coisas a meu respeito?... Pode perguntar, agora, tudo o que deseja saber sobre mim. Prometo responder com exclusividade – afrontou Luiz Alfredo sarcástico, sabendo-se senhor da situação. – É uma pena, porém, que o meu depoimento não vai poder servir para nenhuma reportagem... – ironizou.

– Não tinha qualquer interesse sobre você. O que eu realmente queria era fazer uma reportagem sobre o seu sogro. – informou Nélio, tentando dissimular a verdade.

– Essa não é a 'realidade' pela qual vocês tanto se batem... Do contrário não teria ido parar em Alexandrina. Meu sogro nem sabia da existência daquele lugar. Sua ida à cidade onde nasci deixa evidente que o que você queria mesmo era pesquisar fatos de minha vida.

Nélio percebeu que não ia adiantar nada disfarçar as intenções pelas quais vinha agindo. Quando ele viera procurá-lo, sabia muito bem os caminhos que tinha tomado para descobrir a verdade sobre os seus crimes. Alguém de Alexandrina o pusera a par de sua passagem pela cidade. O negócio seria deixar bem claro que ele não iria conseguir escapar se o eliminasse, porque mais gente tinha conhecimento do fato. Se ele desaparecesse, sua situação ficaria ainda bem pior do que já estava.

– Vou lhe confessar a verdade! Era sobre você mesmo o meu interesse. Mas quero que saiba, também, que não estou nisso sozinho. Várias pessoas sabem que você matou sua mulher e o seu sogro.

– Isto é um absurdo! Vocês estão tentando inventar um folhetim barato para minha vida. Como puderam criar essa história?

– De uma maneira que você jamais imaginaria ser possível: a alma da sua mulher reencarnou e é, agora, uma garotinha. Foi ela que contou o que você fez. Foi dessa revelação que partimos para a investigação que estamos fazendo do caso.

– E você quer que eu acredite nisso?... Quanto anos pensa que eu tenho?...

– Se você quer acreditar ou não, é problema seu. Não vem ao caso. Eu também não acreditava e acabei comprovando ser uma história verdadeira. Ela disse que você a amarrou e afogou no lago.

Luiz Alfredo tremeu. Um calafrio percorreu-lhe a espinha eriçando seus cabelos. Com que então ela voltara para se vingar dele?...

– Só havia uma coisa que nós não estávamos entendendo, ela o chamava de Alfredo, enquanto você se apresenta como Luiz Tavares – continuou Nélio.

"Até isso?...", pensou Luiz Alfredo, sem deixar transparecer a surpresa. Uma das coisas que o fez abandonar definitivamente o uso daquele nome foram exatamente os gritos dela, fugindo em meio àquele matagal, na noite em que a perseguira para matar. Aqueles gritos sempre voltavam aos seus ouvidos, "Alfredo! Alfredo!", tirando a paz de muitas de suas noites.

– E quem é essa menina maluca que pensa saber coisas a meu respeito? – perguntou consciente de que a corrente de crimes estava recomeçando.

– Claro que não vou dizer. Mas fique sabendo que não só a família dela está a par dos seus feitos. Os amigos, o médico, todo mundo já sabe quem é você. Eu estava em campo, apenas, buscando a confirmação – comunicou Nélio, afrontando o criminoso com o seu grande trunfo. – E consegui muitas provas para condená-lo.

– Está legal!... Suponhamos que seja verdade, que eu tenha liquidado aqueles dois estorvos?...

– Vai pagar por isso.

– Como vão provar?... Se você desaparecer, esse grupo de pessoas interessadas na vida alheia perde uma importante testemunha, pois foi você que andou no meu encalço, pesquisando detalhes da minha vida, tornando esse depoimento fundamental – retorquiu Luiz Alfredo.

– Mandarão outros.

– Não se esqueça de que tenho dinheiro. Até lá eu terei instruído as pessoas para dar outro tipo de informação – afirmou Luiz Alfredo, apontando o revólver para a cabeça de Nélio e disparando dois tiros, friamente.

Nélio caiu sobre o volante, sem um gemido. Luiz Alfredo calçou suas luvas, limpou a maçaneta da porta que havia tocado ao entrar, saiu do carro, abriu o porta-malas, colocou o corpo flácido de Nélio acomodado lá dentro, limpou o sangue do volante com uma flanela encontrada no porta luvas, atirando-a depois, sem qualquer preocupação, pela janela. Por fim, ligou o carro e dirigiu até quase a entrada de uma favela. Saiu tranquilo. Voltou à rua onde havia deixado o seu próprio carro, recolocou a peça no motor e retornou ao laticínio, quase na hora de encerrar o expediente.

Sentou-se em seu escritório e começou a vasculhar os seus pensamentos para ver se descobria quem poderia ser a menina, responsável por essa caçada que vinha sofrendo.

Às quinze horas, no gabinete de Lucas, já se encontravam Norma, Otávio e Leda, todos em grande expectativa, para ouvir os relatos que determinavam o desfecho do caso, mas nada da presença de Nélio, que não regressara do almoço. Após muito tempo de espera, e várias ligações para o seu celular, decidiram ligar para a casa dele, verificando, cada vez mais preocupados, que também por lá ele não tinha aparecido.

Dona Mafalda, a mãe do rapaz, que até aquele momento não tinha atentado para o detalhe da ausência do filho, pois quase nunca vinha mesmo almoçar em casa, preocupou-se com uma certa intranquilidade, percebida na voz do dr. Lucas.

Às cinco horas, já bastante receosos, tornaram a ligar para o celular dele. Talvez não tivesse atendido as chamadas anteriores, por estar em algum lugar fora da área de cobertura. Não custava nada tentar mais uma vez. Era provável até que tivesse saído da cidade, seguindo uma nova pista...

E o telefone tocou, desta vez no justo momento em que dois policiais, em ronda por aquela área, passavam próximos ao carro. O som de um celular vindo do porta-malas de um veículo aparentemente abandonado ao lado de uma favela aguçou a curiosidade dos dois.

Com uma chave especial, forçaram a tampa, revelando a um grupo de populares que, àquela altura, tinha se aglomerado em volta do carro, o corpo de Nélio, ainda sem o rigor cadavérico.

Os policiais pegaram o celular do cadáver e retornaram a ligação, descrevendo, sem qualquer preâmbulo, o estado em que se encontrava o proprietário do aparelho.

O desespero foi geral. Principalmente Lucas, que estivera com ele ainda pela manhã, não conseguiu conter um pranto convulsivo. Os outros participantes do grupo também se mostravam inconsoláveis, não podendo aceitar como verdade tal notícia. Para Lucas, que enfiara aquele menino no caso quase à revelia dele, consciente de sua total aversão à violência, o resultado era uma catástrofe irremediável. Nélio morto! Como dariam aquela notícia à sua mãe, uma senhora viúva, dependente daquele único filho?

Os policiais achavam que, embora não tivessem chegado a roubar coisa alguma, o assassino provavelmente tinha saído da favela.

Mas, para as quatro pessoas presentes naquela sala, a polícia podia considerar o que quisesse que nada modificaria a certeza que tinham. Aquele crime fora mais um perpetrado por Luiz Alfredo.

Mas ele não ficaria impune. A cópia da relação de chegada dos passageiros vindos de Lisboa e a gravação feita por Nélio da conversa que mantivera com um dos funcionários do laticínio tinham ficado com Lucas para serem exibidas na reunião daquela tarde e, agora, iam ser levadas à polícia para cobrar a punição de um bandido.

No dia seguinte, o sepultamento foi um momento de dor para todos os funcionários do jornal, onde Nélio entrara quase pelos porões, galgando cada degrau com esforço e inteligência. Todos tinham alguma coisa de bom para falar sobre ele, um caso, um conselho, uma frase, um sonho...

No cemitério, disfarçado sob largos óculos escuros, Luiz Alfredo assistiu de longe, pelas frestas de outros túmulos, o sepultamento de sua vítima e não foi difícil destacar, entre os presentes, os pais da menininha que o denunciara.

A menina só poderia ser a tal Aninha, em cuja casa estivera, nas vésperas da Páscoa, levando Augusto para participar da festa de aniversário. Acompanhando o sepultamento, lá estavam o pai e a mãe dela, extremamente compungidos pelo peso da culpa de terem levado um rapaz jovem à morte. Remorso pela vida que ceifaram, quando o envolveram com seus arroubos de justiça e punição para crimes que não lhes diziam respeito, inteiramente fora de suas áreas existenciais.

Lembrava-se muito bem dele, uns dias depois do aniversário da filha, juntamente com o amigo, o mesmo que sustentava agora uma das alças do caixão, indo até sua floricultura, disfarçados em compradores. Fora uma visita de reconhecimento aquela, e ele nem percebera nada.

Entendia também, agora, porque eles não compareceram à sua casa para a festa do aniversário do Augusto. Com certeza aquela peste não quisera ir, com medo de morrer de novo.

Mas não tinha problema. Ia agir rápido, eliminando quem quer que se intrometesse em seu caminho.

Mas, desta vez, Lucas e Otávio foram mais rápidos e não lhe deram trégua. Mal foram informados de que as únicas impressões do carro eram as de Nélio, o que comprovava a premeditação na execução do assassinato, procuraram a delegacia para denunciar Luiz Alfredo por três homicídios. A mulher, o sogro e, agora, Nélio, o repórter do jornal *Realidade*, que estava desvendando os seus crimes.

Todo o lago, fronteiro à casa dele, foi vasculhado por máquinas e mergulhadores da polícia, sem que se lograsse encontrar qualquer corpo.

Enquanto isso, advogados regiamente pagos esforçavam-se por provar que a síndrome puerperal da mulher fora a causa de seu desaparecimento. E que o sogro, se voltara, como estavam afirmando, não procurara mais a família, sem que o acusado pudesse ser responsabilizado por tal comportamento.

Eram justificativas frágeis, mas que impediam o Ministério Público de deter Luiz Alfredo. Não havia corpos que tipificassem um homicídio. E quanto ao repórter, se ele não tinha responsabilidade pelos crimes que o dito jovem andava investigando, qual o interesse do acusado em liquidá-lo?

A celeuma estava tão intensa, com o *Realidade* cobrando, edição após edição, a punição do criminoso, que seu eco acabou chegando até Alexandrina.

Gumercindo, o recepcionista do hotel, foi procurar Custódio.

– Ih! A coisa está quente para o Alfredinho, lá na capital – informou, mostrando a primeira página do jornal em que a notícia aparecia em letras garrafais.

– Ué! Mataram aquele repórter, coitado. Ainda tão novo...

– Estão dizendo aqui que foi o Alfredinho – disse Gumercindo, indicando um comprido texto ao lado da foto do conterrâneo. – O rapaz estava levantando provas de que ele matou a primeira mulher e o sogro para ficar com o dinheiro e casar com a Viviane.

– Misericórdia! Ainda bem que eu não fui com ele para a capital, podia estar encrencado, agora.

– Mas ele está negando. Disse que nem sabia da existência desse jornalista.

– Mentira! Esteve aqui na cidade atrás dele. Como ele descobriu a identidade do pobre, eu não sei. Mas sei que estava no encalço do Nélio, porque soube que ele tinha se informado de muitas coisas relativas ao seu rápido enriquecimento. Quando perguntou sobre o casamento do Alfredinho com a Viviane, era porque sabia que ele já era casado e não podia se casar. E eu vou à capital, exclusivamente, para dizer isso. Se depender de mim, ele vai parar atrás das grades.

– Deixe isso pra lá. É briga de cachorro grande...

– Nada disso! Não vou deixar não! E aquele sem vergonha, metido a superior, vai me ver no banco das testemunhas, depondo contra ele.

Lucas andava arrasado. Não podia entender como não encontravam os corpos, e essa falta de provas terminava impedindo que o Ministério Público mandasse Luiz Alfredo antecipadamente para a cadeia.

E ficava Nélio morto e seu assassino andando em liberdade, sem qualquer punição.

À noite, reunidos em casa de Otávio, chegaram a lamentar a cura de Aninha, que impossibilitava, agora, obter informações mais precisas sobre o local onde aquele infeliz colocara o corpo da Carminha.

O inconformismo era geral. A única que não se expressava era Leda. Parecia ter pressentido, desde o começo, que, ao final, o lamento pelas investigações ficaria com eles.

– Tem um detalhe que nós não estamos levando em consideração – questionou Norma, deixando falar o seu temperamento de não aceitar sem luta uma situação adversa.

– Qual? – perguntaram todos a uma só voz, expressando o desejo geral de resolver de vez aquele caso.

– Vocês não falaram que, durante alguns pesadelos de Aninha, ela se dizia correndo no escuro, no meio do mato, enquanto o tal Alfredo a perseguia para matá-la?

– É verdade – confirmou Leda. – Por duas vezes ela se queixou de estar correndo no meio do mato, no escuro.

– Mas o que tem isso? – perguntou Otávio.

– Tem muita coisa. O lado do lago Jaré, que fica margeado pela av. Gumercindo Paiva de Moraes, não tem nenhum matagal. E, do outro lado, ele é contornado pela estrada Góes, que também passa rente à água, sem nenhum vestígio de mato entre as pistas e o lago.

– Maravilhosa! – exclamou Lucas. – Essa ideia é realmente maravilhosa! Não estávamos levando isso em conta. O lago em que ele afogou Carminha não é esse. Estamos procurando no lago errado.

E você acha que isso torna a busca mais fácil? – perguntou Otávio. – Já imaginou, nesse universo de lagos e lagoas, onde podemos encontrar o corpo de Carminha?

– Para mim o corpo deve estar em algum lago existente na própria fazenda deles – considerou Norma. – Ele não ia se arriscar a praticar um assassinato dessa natureza, em meio ao movimento urbano. O mais provável é que o fizesse em um lugar no qual confiasse estar absolutamente deserto.

– Sabe que eu acho que você descobriu a pólvora, Norma? – admitiu Lucas. – Começo a pensar seriamente em considerar melhor minhas ameaças de explorar suas tendências detetivescas. Estou chegando à conclusão de que você tem um talento inato para o assunto.

Lucas pegou o telefone e ligou para o delegado Garcia.

– Garcia, aqui é o Lucas. Acho que tenho uma importante pista para que você possa encerrar as investigações sobre os assassinatos praticados pelo Luiz Alfredo...

– Assassinatos, por enquanto, não! O caso que temos são desaparecimentos – corrigiu o dr. Garcia do outro lado.

– Vá lá que seja! – voltou Lucas. – O senhor já esteve na Fazenda Ouro Verde?

– Estive.

– Sabe me dizer se lá tem algum lago?

– Lago não. Mas tem um açude.

– É isso! O corpo da Carminha está nesse açude – afirmou Lucas com segurança.

– Não tínhamos pensado em tal possibilidade. Só lhe peço que não comente nada com ninguém, porque, do contrário, durante a noite, podem mudar esse esconderijo – falou o delegado. – Vou mobilizar os meus homens e, amanhã pela manhã, bem cedo, vamos surpreendê-lo fazendo buscas no açude.

E dito. E feito.

Com todo aparato, máquinas e mergulhadores chegaram à Ouro Verde, quando o sol deitava seus primeiros raios sobre os verdejantes pastos. O açude brilhava intensamente, quando suas águas começaram a ser reviradas pelos homens do delegado Garcia.

O primeiro corpo encontrado foi o do Clemente, preso a todas as malas que trouxera da viagem. Estava envolto em um saco de plástico preto, o que iria permitir sua fácil identificação.

Pelo celular, o delegado informou a descoberta ao Ministério Público e solicitou que se conseguisse uma ordem de prisão imediatamente, enquanto alguns homens de sua corporação seguiriam até o laticínio para trazer o Luiz Alfredo para a Ouro Verde.

Quando ele chegou, algemado, viu que nada mais podia ser feito para manter sua mentira. O corpo do sogro estava estirado na margem, preso às bagagens trazidas de Lisboa.

Dentro d'água, a investigação continuava intensa. Máquinas revolvendo o fundo nas partes mais rasas, barcos cruzando em várias direções, enquanto homens mergulhavam nos locais mais profundos.

Não tardou muito para que um deles subisse avisando ter encontrado outro volume, presumivelmente de mais um corpo.

Trazido à tona, e sendo reconhecido como um corpo de mulher, foram transportados ao Instituto Médico Legal para posteriores exames de identificação.

Lucas e Otávio, que tinham feito questão de vir participar das buscas, olharam para o criminoso, que estava sendo levado para o camburão, com absoluto desprezo.

Três pessoas inocentes haviam sido mortas para que ele gozasse cinco anos de mordomias especiais. Um alto preço para as férias de um bandido.

Quando Otávio chegou em casa, experimentando uma paz que há muitos meses não sentia e a inconfundível alegria do dever cumprido, Aninha veio correndo abraçá-lo.

– Papai! Papai! Eu te amo!

– Por que essa declaração toda, a esta hora?

– De repente, senti um alegria enorme por ter você e a mamãe como meus pais.

A AUTORA

Yedda Pereira dos Santos é natural de Friburgo, RJ, membro da Academia Friburguense de Letras e da Associação Friburguense de Impresa. Em 2003, foi premiada, em 2º lugar, em Concurso de Contos de Alhandra, Portugal, com o conto "A Prova". Suas obras já publicadas são, por ordem cronológica:

. *O peregrino da eternidade* (Editora Heresis)
. *O portal do tempo* (Editora Heresis)
. *Fronteiras da alma* (Editora Heresis)
. *O segredo da lua* (Editora Heresis)
. *Dicionário de alquimia* (Editora Madras)

Esta edição foi impressa em Dezembro de 2012 pela Assahi Gráfica e Editorial Ltda., de São Bernardo do Campo - SP, para o Instituto Lachâtre, sendo tiradas duas mil cópias, todas em formato fechado 160x230mm e com mancha de 110x195mm. Os papéis utilizados foram o Off-set 75g/m^2 para o miolo e o Cartão Supremo 300g/m^2 para a capa. O texto principal foi composto em Utopia Std 13/15,6. A programação visual da capa é de Fernando Luiz Fabris.